Über dieses Buch Als Troubadour mit dem Rucksack zieht er durch Moor, Wald und Heide, ein einsamer Vagabund. Lampioon ist auf der Flucht vor der bürgerlichen Ordnung des Alltags, die ihn verunsichert – aus Eifersucht hat er seine Frau umgebracht. Jetzt überläßt er sich dem Zufall, der ihm andere Einsame begegnen läßt. Sein Lebensideal ist »wandern, nichts besitzen, ein Mädchen küssen, einen blühenden Zweig berühren, nichts wissen«. Dabei sehnt er sich gleichzeitig nach dem Gefühl, eins zu werden mit der Natur, ohne es wirklich zu finden. Die bildintensive Landschaftsschilderung in diesem Roman entspricht ganz der Stimmung des melancholischen Wanderers.

Der Autor Manfred Hausmann wurde 1898 in Kassel geboren. Das Gymnasium besuchte er in Göttingen, nahm am Ersten Weltkrieg teil, studierte Philologie und arbeitete als Dramaturg, Kaufmann und Journalist. Hausmann wohnte längere Zeit in dem Künstlerdorf Worpswede, seit 1950 als freier Schriftsteller in Rönnebeck bei Bremen, wo er am 6. August 1986 starb. Seine Dichtung umfaßt Lyrik, Romane, Bühnenwerke, Essays und Nachdichtungen griechischer, japanischer und chinesischer Gedichte.
Als Fischer Taschenbücher liegen vor: ›Abel mit der Mundharmonika‹ (Bd. 5336), ›Kleine Liebe zu Amerika‹ (Bd. 8016), ›Salut gen Himmel‹ (Bd. 5338) und ›Liebende leben von der Vergebung‹ (Bd. 5337).

Manfred Hausmann

Lampioon

Abenteuer eines Wanderers

Fischer Taschenbuch Verlag

Die Erstausgabe erschien 1928 unter dem Titel
›Lampioon küßt Mädchen und kleine Birken‹
im Verlag Carl Schünemann, Bremen

71.–73. Tausend: November 1986

Vom Autor durchgesehene Ausgabe
Veröffentlicht im Fischer Taschenbuch Verlag GmbH,
Frankfurt am Main, Dezember 1962

Lizenzausgabe mit Genehmigung
der S.Fischer Verlag GmbH, Frankfurt am Main

Umschlaggestaltung: Jan Buchholz / Reni Hinsch
unter Verwendung einer Illustration von Barbara Brenner
Satz: Fotosatz Gutfreund, Darmstadt
Druck und Bindung: Clausen & Bosse, Leck
Printed in Germany
980-ISBN-3-596-25487-6

Lampioon

Für Walter Müller

Der Wanderer namens Lampioon

Die Sonne geht auf und unter, zuweilen zeigt sich der Mond, Regen fällt, es regnet Tag und Nacht, aber eines Morgens zieht silbriger Dampf über den Fluß. Nun kommen die guten Wochen.
Die Wälder duften so stark.
Und ich wandere durch all das merkwürdige Licht, das vom Himmel sinkt, ich schlendere durch die liebe Landschaft, meist bin ich mit mir allein. Aber wenn ich einen Kameraden treffe, halten wir uns eine Weile zusammen und schwatzen von den Herbergen und von den gesegneten Bissen, die uns da und dort beschert wurden.
Im Badischen hat's die besten Herbergen von ganz Deutschland, sagt mein Kamerad, ich bin Sattler, ich habe die Welt gesehen, das kannst du mir glauben!
Ich antworte: Ja, ja... Und dann richte ich es so ein, daß wir uns bald wieder trennen. Es kommt nicht oft vor, daß ich mich mit einem Kameraden anfreunde.
Wie dem auch sei, früher goß ich mir jeden Morgen wohlriechendes Wasser ins Haar, beim Essen hatte ich eine Serviette auf den Knien, eine Zeitlang besaß ich sogar einen Füllfederhalter und war vierzehn Jahre alt, aber jetzt befinde ich mich auf der Walze. La, la.
Nicht immer lala! Es gibt auch Nächte voller Angst. Wenn ich in der Herberge schlafe... ein Gespenst steckt seinen Kopf am Fußende des Bettes hoch und macht den Mund auf, Blut fließt heraus... Buchhalter Karl Tilken... Ich bin nicht der, für den die Landjäger und Herbergsväter mich halten. Die Papiere, die ich in der Hosentasche habe, sind falsch. Aber das ist eine Sache für sich und geht niemanden etwas an. Dich auch nicht. Wir wollen von etwas anderem reden!
Wandern... ich brauche kein tägliches Brot, aber dies

brauche ich: Wandern an Flüssen hin, durch säuerliches Gras, durch Heidekraut, durch dunstige Nächte, mich verlieren in Wäldern und großen Wiesen, o in Wiesen auch, mittags in der honigsüßen Hitze, in mannshohen Ginsterwäldern, langsam wandern, dahintreiben, unterwegs sein.

Ich kann auch schön pfeifen. Lampioon ist mein Name.

Wir sind übrigens alle unterwegs, du auch, sag, was du willst, du auch. Aber manche von uns haben ein Ziel. Jeden Tag haben sie ein Ziel, einmal ein kleines, einmal ein großes, und sie legen sich Entbehrungen auf und blicken nicht rechts noch links, bis sie das Ziel erreicht haben. Hurra! Und dann? Nichts. Sie haben eben ihr Ziel erreicht. Und zuletzt legen sie sich hin und sterben. Hurra!

Ich für meine Person habe kein Ziel. Ich gehe mit meinen schrumpeligen Hosen umher und bleibe alle Augenblikke stehen und gucke mich um: Hübsch ist es hier!

Nein, ich habe kein Ziel, aber mit einem Mal wiegt sich da ein Reh durchs Korn, abends, oder drei Schwalben spielen, sich emporwerfend und hinabfallend, über einem Tümpel miteinander. Oder ein dünner Stengel wächst mit blasser Blüte aus dem Waldboden auf, und ich begegne ihm, wie er da einsam unter den dämmerigen Buchen steht und leise lebt. Oder ich finde eine zerwühlte Stelle im Klee, und nun ist der Tau der Frühe darübergefallen, aber gestern nacht haben hier zwei gelegen und sich geliebt, da... eine zerdrückte Nelke, da... ein Silberpapier, sie haben sich geliebt und Schokolade gegessen. Großer Gott, wie sehne ich mich danach, wieder einmal bei einem Mädchen zu schlafen, im Weizen, in einem Erbsenbeet, im Kuhstall, einerlei, einerlei...!

Vielleicht trifft es sich auch, daß in einem Wirtshaus eine Prügelei wütet. Dann brülle ich dazwischen und trete die

Bauernjungen in den Hintern, und mir ergeht es nicht besser, du Aas, und ich haue in jede Fresse, die mir in die Quere kommt, bis ich blutig und zerfetzt zum Fenster hinausgeschüttet werde.

Ein anderes Mal wandere ich abends in eine Stadt hinein, und da spaziert ein Mädchen an mir vorbei. Es sieht sich nach mir um, ich sehe mich nach ihm um, eine Sekunde halten wir an und grüßen einander mit den Augen, dann gehen wir unserer Wege. Und ich denke nun über das Mädchen nach, über seinen Mund und die kleinen Brüste unter seiner gelben Jacke. Damit verbringe ich die Nacht.

Oder ich schlurfe einen Sandweg entlang, der durch schwarzes Föhrendickicht führt, da tut sich plötzlich eine winzige Lichtung auf, und in der Mitte schimmert ein junges Birkenbäumchen hoch, ein weißes Stämmchen mit einem Schleier aus goldenen Tupfen darüber, ein Lied, ein hoher Freudenruf. Niemand ist nahe, nur ich. Und der Himmel mag wissen, ob ich nicht, wiewohl ich eine schrumpelige Hose und dreckige Stiefel anhabe, voller Zärtlichkeit gegen die Birke bin, ob ich sie nicht mit meinen braunen Händen liebe, ob ich mich nicht dort niederlasse und viele Stunden Zeit habe, vielleicht den ganzen warmen Tag... Kleine, unschuldige Birke...!

Und was meinst du, wie es mir in Nauheim erging, wo ich in einem Möbelwagen übernachtete, in dem Kasten unten drunter, wo drangeschrieben steht: Bilder und Spiegel, was meinst du? Da kam wahrhaftig um Mitternacht eine vornehme Dame und klopfte an, ich rief herein, und sie kroch zu mir und berührte mich mit ihrem feinen Mund. Lilly.

Um solcher Dinge willen lohnt es sich schon, von keinem Zuhause zu wissen und von keinem Wohin, zu frieren, zu schwitzen und in die Irre zu gehen.

Aber wenn mir das Irren und Treiben eines Tages zu langweilig wird, setze ich mich unter irgendeinen Baum im Wald, mache die Zehen krumm und krepiere.

Schnee und Sterne

Du kannst einen warmen Mantel anziehen, einen Rucksack auf den Buckel hängen und allerlei Geld in die Tasche tun. Auf diese Weise kannst du durch den Winter reisen. Es friert, es schneit, du hörst die Wälder krachen, siehst die Ebene schimmern, zuweilen verläufst du dich, zuweilen rutscht dein Fuß in einen leicht überfrorenen Bach, aber es hat weiter keine Gefahr, denn du bist ein Naturfreund und liebst dergleichen. Abends findet sich ein Gasthaus mit Gesellschaft und Kartenspiel. Dann schläfst du die Nacht über in einem Federbett und stampfst am anderen Morgen, rosig rasiert, über Berg und Tal. So kannst du es machen. Aber ich stimme dir nicht zu.

Wenn es Winter wird, habe ich vielleicht einen langen Sack, der aus drei Schaffellen zusammengenäht ist, die Wolle nach innen. Dieser Sack ist mein Wirtshaus, mein Bett, mein liebes Weib, mein Freund in Not und Tod und alles das miteinander.

Heute mittag will ich zum Beispiel über die Geest nach Tröndelbeck und dann durch die vereiste Hammeniederung ins Moor. So schiebe ich denn meinen Lebensmittelbeutel in den Schlafsack und rolle das Ganze zusammen, dann schnalle ich zwei Riemen herum und werfe das Bündel über meine Schulter. Untendran baumelt ein Wasserkesselchen, lächerlich anzusehen, aber gut zu verwenden. Obenauf binde ich die Bratpfanne. Nun brauche ich niemanden und nichts, danke.

Hm... niemanden und nichts... unter uns gesagt,

mehr als ein Tütchen mit Salz und ein Viertelliter Schnaps ist in meinem Lebensmittelbeutel nicht drin. Und mit meinem Gelde verhält es sich wieder einmal so sonderbar. Irgendwelchen Überfluß wirst du ja nie bei mir antreffen, aber in diesen Tagen besitze ich besonders wenig, nämlich nichts.
Es wandert sich aber trotzdem ganz lustig über die weichen Wellen der verschneiten Heide. In der Ferne steht ein schwarzes Föhrenwäldchen, sonst ist nur Schnee, nichts als Schnee zu sehen. Manchmal bleibe ich stehen und horche. Der Wind läßt die Kristalle in den Grasbüscheln rieseln, ganz dahinten bellt ein Hund, das ist alles. Ich wandere weiter.
Gegen Abend komme ich nach Tröndelbeck. Auf dem zugefrorenen Gutsteich ratschen die Kinder mit ihren Schlittschuhen durcheinander. Gelächter und Geschrei in der winterlichen Luft.
Da trifft es sich, daß mir die Magd Elsbeth begegnet. Sie kennt mich gleich wieder, sie wird sogar rot, und als ich ihr die Hand gebe, merke ich, daß sie zittert. Wir stehen einander gegenüber und freuen uns und wissen nichts zu sagen. Aber mit einem Mal fällt ihr ein, daß die Rosinentüte ja, die sie in der Hand hält, zu Hause dringend erwartet wird.
Herr des Himmels, sage ich, leb wohl, Elsbeth!
Leb wohl, sagt sie, wo willst du denn eigentlich hin?
Dahin, dorthin, ins Moor, wer weiß!
Leb wohl! sagt sie leise und sieht mich an.
Gott bessere mich, Elsbeth, aber ich gäbe viel darum, wenn wir noch ein halbes Stündchen in Frieden miteinander schwatzen könnten.
Das meinst du wohl nicht im Ernst? Aber vielleicht hinter der neuen Scheune... nachher... nein, ich meine es auch nicht im Ernst.
Wenn uns da nun jemand sieht!

Es sieht uns keiner, bei Lürmann ist Tanzmusik, da wollen sie alle hin.
Aber wenn wir uns nun erkälten in all dem Schnee und Wind! Mir ist so, als hätte ich's voriges Jahr besser gehabt...
Da flüstert sie: Komm dorthin, wo du voriges Jahr warst. ——
Am anderen Morgen kann ich mit den Fingern schnikkeln. Über allerlei kann ich mit den Fingern schnickeln, aber auch über den Speck, die Eier, den Zucker, das Mehl, die Hafergrütze und dergleichen. Eine Bierflasche voll Sahne habe ich auch noch mitgekriegt. Wie sagte ich doch? Gott bessere mich? Ja! Nein!
Ich gehe die Landstraße hin. Alles ist still. Die Bäume stehen da und sind bereift. Die Brücke, die Stakete, die Spinnweben: silberbetupft, matt und grau... Ein Gewaltiger hat seinen Atem über die Welt gehaucht in dieser Nacht, über Heide und Moor. Nun ist die Stille da und die Versunkenheit. Sieben Uhr.
Die Birken neben der Landstraße... ja, da zeigen sich nun die Birken, eine hinter der anderen, hinab in die Senkung mit leiser Kurve und drüben am Hügel wieder hinauf, immer kleiner, immer kleiner.
Was den einzelnen Baum anbelangt, so dringt jeder Stamm stracks aus dem Schnee und will gegen den Himmel auf. Aber je höher er kommt, um so mehr verwundert er sich. Was ist das denn hier? Das um mich her... hier oben? Luft, Morgenlicht, Geflimmer von Kristallen? Laßt mich doch einmal sehen! So denkt die Birke vielleicht. Ach, wie ungemein neuartig, denkt sie, wie das kitzelt, wie das rieselt! Sie löst ihr Haar auf und läßt alles hängen und fallen, daß nur das Licht recht über sie hinsickern kann. Wollte sie nicht eigentlich zum Himmel empor? Nein, schweig, was ist der Himmel?

Und nun hat Gottes Atem sie getroffen. Wie ein Gewirr von Perlenschnüren sieht ihr Haar aus. Ein paar Goldammern hüpfen darin herum, und jedesmal, wenn sie einen Zweig verlassen, stäubt ein lautloses Wölkchen herab. Ich gehe darunter hin. Danke schön!
Der Schnee schreit unter meinen Tritten, das Windeis über den Pfützen kracht ein. Kein Mensch weit und breit. Sollte man bei solch einer Wanderung nicht ein Liedchen anstimmen in der Einsamkeit?
Nein, man muß schweigen. Nie wieder gibt es so eine morgendliche Stille. Schweig!
Man muß auch von Zeit zu Zeit stehenbleiben und auf das unsagbar feine Knispern in Baum und Strauch horchen. O diese Minuten des Stillstehens in Kälte und kühlem Licht!
Am Himmel schimmert ein klares Grün, gegen die Horizonte hin verblaßt es zu Violett. Nur im Osten flammt ein gelbes Band über der Erde.
Es ergibt sich, daß links ein Feldweg abführt. Niemand soll etwas gegen die Landstraße sagen. Sind nicht Birken daran entlanggestellt, ruhen nicht zu beiden Seiten sanfte Hügel mit Schnee darauf? Aber was ist eine Landstraße gegen einen Feldweg? Gegen einen verschneiten und verhangenen Feldweg, der sich zwischen Hecken hinschmiegt! Ich ducke mich unter dem Brombeergeranke durch, das den Eingang verbirgt, und dringe gebückt in dem Laubengang vorwärts. Zierliche Bogen kreuz und quer, Holunder, Weißdorn, Brombeer, totenstill, und überall Eiszapfen, Schnee, Reif. Das ist in der Nacht herbeigeweht und hat sich hier niedergelassen, Kristall bei Kristall. Nachher, wenn die Sonne kommt, zergeht alles wieder. Aber noch hat es seinen traumhaften Bestand in der Stille.
Sagte ich Stille, sagte ich totenstill? Nein, nicht völlig still. Zuweilen knackt es in den Ästen, ein Flöckchen

Schnee fällt ab und streut sich über die gefrorenen Grashalme. Es ist, als ob jemand unendlich zart auf eine Saite tupfte. Kaum zu vernehmen, aber doch eben ein Laut. Und wenn ich eine gute Weile gestanden habe, dringt auch der winzige Ton an mein Ohr, den der Äther aufsingen läßt, wenn er über die bereiften Zweige streicht. Aber es ist kein Wind, weit entfernt! Nur... die Luft ruht nicht. Von ganz dahinten her, aus der Niederung, aus dem Moor, bewegt sie sich langsam heran und läßt die Kristalle beben. Es kann aber auch sein, daß die tausend bereiften Gräser und Zweige einen eigenen Gesang in sich tragen, daß die erstarrte Rinde zerspringt, daß die Ängste der Nacht sich lösen, jetzt da das Licht zu herrschen beginnt. Wer weiß das denn! Aber ein Klang ist da, eine zarte Musik hier in den verlassenen Hecken, verborgen vor Mensch und Tier.
Es ist gewissermaßen eine mystische Stunde. Die Hekken, der Schnee, die Ferne, die Luft sind einen Augenblick beisammen und tönen aneinander, immer noch, immer noch... gleich ist es vorbei... gleich... jetzt!
Grell und stechend bricht die Sonne vor mir über den Hügel. Ich reiße mich aus der Verzauberung weg, dränge mich durch die Hecke und galoppiere zu den glühenden Föhrenstämmen hinaus.
Da bin ich nun. So weit ich sehen kann, nichts als Ebene, Schnee und Gold. Ich schlage die Hände vors Gesicht und blinzele durch die Finger. Rosiges Leuchten auf dem Schnee, wütendes Geglitzer auf den Eisbahnen, die sich kreuz und quer hindurchziehen, eins zuckt ins andere, und wenn ich den Kopf nur ein bißchen bewege, schießt alles zusammen und zersplittert in tausend Blitze.
Die Sonne läßt eine feurige Straße vor mir aufglänzen, ich stampfe langsam hinab. Und dann ist es, als stünde ich am Ufer eines überfrorenen und beschneiten Sees. Hecken leiten sich hinein und versinken, ein Fahrzeug

neigt sich und ist plötzlich verschwunden, Weidenbäume ragen halb heraus, ein Damm dringt tiefer ein.
Im vorigen Frühjahr sah es hier anders aus. Da dehnten sich die prächtigsten Wiesen weithin, überhaucht von lila und weißen Blüten. Aber im November, wenn sich die Sturmfluten weseraufwärts wälzen, öffnet der Wärter bei Ritterhude die Schleuse, und dann wird in einer Nacht aus der ganzen unendlichen Niederung ein See mit Wellen und Wind. Allmählich fällt Kälte ein, der Wasserspiegel erstarrt, Schnee fällt darüber, wird weggeblasen, neuer Schnee, jetzt nimmt sich die Ebene wie ein weißes Tischtuch aus. Nur dort, wo das ziehende Wasser der Gräben die Erstarrung ein paarmal gesprengt hat, laufen dunkle Streifen Spiegeleis durch den Schnee.
Ich stampfe und gleite den Hügel hinunter, ich untersuche das Eis, wippe und freue mich über die Festigkeit. Aber im Handumdrehen freue ich mich gar nicht mehr, sondern meine Beine sind so merkwürdig hoch in der Luft, und mein Wasserkesselchen ist zerbeult und mein Hinterteil auch. Donner ja, wie sich doch zuweilen die Ereignisse überstürzen!
Aber jetzt will ich weiter, sonst kann es sein, daß ich heut nacht auf dem Eis kampieren muß, ohne Feuer und Schutz vor dem Wind.
Das ist nun etwas Gewaltiges, dies Wandern durch die weiße Ebene. Meine Schuhe schieben sich durch den Schnee, meine Augen sehen ein unendliches Schneefeld, meine Ohren hören das tote Summen der Ferne, meine Haut trinkt das verschleierte Sonnenlicht, mein Mund schmeckt die Kälte. Ein Gefühl von Einfachheit überkommt mich. So ist wohl der Urmensch durch die winterliche Tundra gezogen, wie ich hier hinwandere, die Augen zusammengekniffen, die Fernesucht im Blick, bedrängt von der Grenzenlosigkeit ringsumher. Es geschieht wie eine Sage, dies Wandern. Ich bin ein Mensch,

ein Punkt, beinahe ein Nichts in Schnee und Himmel, aber ich habe doch Gedanken, die in den Raum hineinfragen. Was bedeutet dies alles?
Der Schnee glitzert. Niemand antwortet. –
Nun beginnt es zu dämmern, ich wandere nach Nordosten. Hinter mir steht der Abendhimmel mit trüber Leuchtkraft. Die Sonne ist hinab.
Allmählich wird es Zeit, daß ich vom Eis herunterkomme. Wo, zum Teufel, nimmt denn das Moorufer seinen Anfang!
Ich gehe kräftiger zu, aber nur die gleichmütige Linie der Ebene läßt sich vor mir ahnen. Es wird schnell dunkel. Ich meine, das Herabsinken der Nacht richtig sehen zu können. Wieviel Sterne doch inzwischen aufgetaucht sind!
Da verdichtet sich der dunstige Streifen vor mir, schwerfällige Gebilde lösen sich aus der Dunkelheit, ich stolpere über einen Grasbusch, die Schneefläche hebt sich ein bißchen: das Moor.
Wenn ich die Augen aufreiße, kann ich sogar einige Erlenbüsche unterscheiden, daneben Schilfwälder oder was das ist. Dort scheinen auch ein paar Birken übereinandergekracht zu sein. Und was ist das hier? Rohr und Weiden. So muß es sein! Ich schneide mit meinem Messer ein paar Garben Rohr ab, wühle eine Schlafgrube hinter den Weiden in den Schnee und polstere sie hübsch aus. Zwischen zwei dicht nebeneinanderliegenden Birkenstämmen wird ein Feuerchen in Gang gebracht. Da habe ich gleich einen Herd. Einen Herd? Ja, du magst nun sagen, was du willst, aber heute, da ich Eier und Sahne zur Hand habe, mache ich ein Festmahl mit Schwelgerei und Ausschweifung. Apfelpfannkuchen!
Ich schütte eine Portion Mehl in meinen Topf, dann fünf Eier hinein, nicht die ganzen Eier, bewahre, nur das Gelbe, dann sacht Wasser dazu, geschmolzenen Schnee,

sacht, Schlückchen für Schlückchen, und fest gerührt. So, wenn ich jetzt den Zucker darübergieße, kann es nicht schaden, und ich müßte ein Dummkopf sein, wenn ich nicht auch eine Prise Salz, eine Prise Zimt und ein paar Tropfen Schnaps zusetzte.

Zwei große Augenblicke nahen heran, der Augenblick des Deckelabhebens: ein Paradies von Dampf und Duft schwebt aus der Pfanne auf. Ich sauge es mit Nase, Mund und Ohren ein – das Lieblichste ist genossen. Nun der Augenblick, in dem ich mich entscheide, den Pfannkuchen auf der Stelle zu verspeisen. Eigentlich müßte ich ja warten, bis ich sechs bis sieben beisammen hätte, damit sich der Imbiß auch lohnt. Aber in den meisten Fällen, die mir bekannt sind, habe ich Vernunft und Ordnung beiseite gelassen und sofort mit der Ausschweifung begonnen. Heute lege ich mir allerdings eine kleine Strafe auf. Wohin kämen wir auch, wenn wir ohne jede Moral lebten! Ich lege mir auf, erst bis siebzig zu zählen, ehe ich anbeiße. So flüstere ich denn: sechsundzwanzig... siebenundzwanzig... und denke dabei im Hintergrund meines Schädels: Hehe, Lampioon, du Halunke, du kannst ja doch nicht eher anfangen, weil die Kuchen noch viel zu heiß sind!

Das Nachtmahl geht weiter.

Und nach einer guten Stunde krieche ich vollgefressen und müde in meinen Schlafsack. Das Feuer glüht zwischen den Birkenstämmen um drei, vier Klötze herum, über mir wandern die Sternbilder durch die Ewigkeit. Es ist eine schöne Nacht. –––

Nach ein paar Stunden wache ich auf. Mitternacht. Der abnehmende Mond ist heraufgekommen und schwimmt rötlich über dem Horizont. Ich sehe den Sirius, ich sehe den Orion, den ich liebe, ich sehe auch den Silberschatten der Milchstraße.

Wie steht es nun, denke ich, da oben schwebt das All in

seiner Unbegreiflichkeit, und hier unten liege ich mit allerlei Sehnsucht auf der winzigen Erde. Aber schmerzvoller als alles Sinnen zu den Sternen hin ist doch die Liebe, die ich zu meiner Erde habe. Erde, Erde, du eisiger Bereich, auf dem ich jetzt ruhe, wie liebe ich dich doch mit allem meinem Selbst, winters, sommers, immer, Erde! Und weiter denke ich, ob die wohl recht haben, die lehren, man müßte sich von dem Irdischen frei machen, um aufzusteigen in die Vollkommenheit. Das kann ich nicht begreifen. Eher wollte ich ohne Vollkommenheit sein, als mich von den blauen Märzblumen, von den Gräsern, von den blühenden Apfelbäumen, von dem Harz an den Tannen, vom Meer, von den schneeflockendurchtanzten Dezembertagen und von alledem zu lösen.
Gedanken, die man nachts im Schlafsack zwischen zwei Träumen denkt, nachts, wenn man im verschneiten Moor liegt.
Wenn es wahr ist, was einige in Büchern verzeichnet haben, daß die Seele immer wiedergeboren werden muß in den Bereich der Erde, bis sie, von Stufe zu Stufe sich hebend, aus der Irdischkeit erlöst wird, so könnte, meine ich, das Wohnen der Seele auf dieser Erde nur den Sinn haben, alles Erdenwesen bis in seine tiefste Tiefe zu erleben. Aber wie kann man etwas, sei es Mensch, Tier oder Ding, in seinem Wesen erfassen, wenn man's nicht liebt? So erfüllen diejenigen, die das irdische Getriebe am inbrünstigsten lieben, den Sinn ihres Erdendaseins am ehesten. Nur ihnen kann die Verheißung nahe sein, aus dem irdischen Bezirk in den Sternenstaub entrückt zu werden. Aber klingt das wohl für solche Menschen wie eine Verheißung? Sie hängen ja an Wald und Feld, sie sind ja den Getreidehalmen getreu, sie wollen ja nicht erlöst sein von der Erdenschwere, sie lieben das alles ja! Und die anderen, die den Geist lieben? Nein, die dürfen noch nicht

fort, denn sie haben wohl den Sinn der Erde nicht begriffen.
So befinde ich mich immer, wenn ich denke. Immer in Widerspruch und Hilflosigkeit. Was hat es denn mit dem Denken auf sich? Ist es nur etwas Ähnliches wie Traum und Wahnsinn unter den Menschen?
Ich weiß es nicht.
Der Große Wagen zeigt mit seiner Deichsel nach unten. Ich liege da und starre in die Myriaden Sterne, ich liege und lausche, zuweilen denke ich und verfalle in Irrtümer, zuweilen erinnere ich mich, daß ich Buchhalter Tilken ums Leben gebracht habe, es ist schon lange her, ich bin ein Mörder, aber meistens liege ich nur da und lausche und blicke still empor.
Plötzlich fängt das Schilf an zu rauschen, ein kleiner Wind, verloren in all der Weite, streicht vorbei, das Schilf rührt sich und rauscht, Schnee rieselt herab... Da ist das Unvermutete, das sich neben mir begab, schon vorbei. Die Nacht steht wieder lautlos über dem Moor.
Es wäre gut, jetzt einen Grog zu haben, denke ich. Schön! Ich krieche aus meinem Sack heraus und streue ein paar Zweige in die Glut, es dampft, und gleich schlagen die Flammen hoch. Dann nehme ich das Wasserkesselchen, fülle es mit Schnee und setze es auf die halbverglühten Birkenstämme. Der Schnee schmilzt schnell zusammen. Wo habe ich denn die Schnapsflasche gelassen?
Das Eis knallt gegen Osten hin. Ich hocke neben dem Feuer und mische meinen Grog.
Tage und Nächte auf dieser Erde, ich weiß nichts Schöneres!

Das Wachslicht

Was für eine Jahreszeit haben wir nun? Verschneite Wälder, Krähen, Schlittengeläut. Es ist immer noch Winter. Und wenn du es genauer wissen willst, so haben wir Dezember. Wir haben heute geradezu den vierundzwanzigsten Dezember.

Ich halte auf meiner Wanderung durch Schnee und Eis einen Augenblick an und überlege, ob ich weiter nach Norden tippeln oder lieber nach Osten abbiegen soll. Stade... Buxtehude... Hamburg... Ich stehe neben einer Buchenhecke, unten raschelt das rote Laub, oben stiebt der Schnee weg, die Nachmittagssonne hängt matt im Dunst des Himmels. Winterstille weit und breit. Hinter mir liegen, versunken, die Dächer von Oldenbrok, vor mir, rechter Hand am Wege, ein einzelner Hof. Als ich so dastehe und im ganzen ziemlich friedlich gesonnen bin, kommt ein Schlitten angefahren. Erst macht er ding ding... dong ding... dann ringel ringel... rongel ringel... und dann gleitet er mit seiner Musik an mir vorbei.

Mojen! sage ich.

Der Bauer hebt die Peitsche und grüßt mich.

Er hat sich ein blaues Wolltuch um den Kopf gewickelt, nur die Augen gucken heraus. Er antwortet auch etwas, aber ich verstehe es nicht. Jedenfalls hebt er die Peitsche und grüßt mich mit dampfendem Atem. Siehst du, ich befinde mich eigentlich in einem traurigen Zustand. Wo ist der Schlafsack mit der Wolle nach innen? Wo ist das Wasserkesselchen? Wo die Schnapsflasche? Ich habe alles miteinander aufgefressen. So kann es einem Wanderer ergehen. Außerdem ist mein Mantel kaputt. Meine Hosenbeine habe ich unten leider mit Bindfaden zusammengebunden, weil ich keine Strümpfe besitze, und mein Hut, diese verdammte Melone, nimmt sich auch nicht gerade festlich aus. Trotzdem werde ich gegrüßt! Soll ei-

nen das nicht freuen? Zu einer anderen Jahreszeit hätte ich dem Kerl vielleicht meine Kehrseite hingehalten. Aber heute freue ich mich über den Gruß des Kuhfladendirektors. Ich bin ein Mensch.
Übrigens liegt in dem Schlitten ein mächtiger Tannenbaum, der duftet nun an mir vorbei wie eine leibhaftige Weihnachtsstube. Ich weiß nicht, ob du schon einmal etwas Ähnliches erlebt hast, so eine friedliche Stunde im Gemüt und so einen Tannenbaum mit Harz und Schellengeklingel vor der Nase. Es duften allerlei Erinnerungen durch mich hindurch, langsam und lieblich. Aus Honigkuchen machten wir uns nicht viel, aber meine Mutter konnte wunderbare Spekulatius backen. Lieblich, sage ich dir, nimm mir's nicht übel, wir schreiben gewissermaßen den vierundzwanzigsten Dezember dieses Jahres.
Ich gehe weiter und komme an den allein liegenden Hof rechter Hand. Kein Hund, keine Seele. Wollen mal anklopfen, denke ich und drücke die Haustür auf. In der dunklen Diele sehen mich zwei Kühe gleichgültig an, ein Schwein schmatzt im Verschlag, sonst nichts. Ich trete mit dem Absatz an einen Ständer, daß es knallt, und sage laut: Guten Tag! Und noch einmal: Guten Tag! Da tut sich die Küchentür auf, ein dicker Kopf mit einer Nase und einer Brille darauf schiebt sich heraus.
Ich lüfte meine Melone: Haben Sie nicht ein bißchen Arbeit für mich, Meister, ein bißchen Holz zu hacken, ein bißchen Torf zu schleppen?
Der Kopf brummt: Dreh dich mal rum!
Ich tu's.
Jetzt hast du die Tür gerade vor dir. Raus!
Ein paar Pfennige, Meister, sage ich, daß ich für heute abend das Schlafgeld zusammenkriege!
Der Kopf wird rot, die Augen hinter der Brille kneifen sich zusammen.

Bist du noch nicht draußen, Mann!
Da ruft eine Stimme aus der Küche: Es ist doch Weihnachten, Gevert!
Eine nette Stimme, sage ich dir, so richtig geschaffen einem Jakobsbruder übers Herz zu streicheln. Ich fange denn auch gleich wieder an: Nur, daß ich für heute abend das Schlafgeld habe, Herr...!
Halt's Maul! Denkst du, ich merke nicht, wie du nach Schnaps stinkst, du Schwein!
Aber ich mache noch immer keine Anstalten, mich zurückzuziehen, ich horche nach hinten, ob die nette Stimme nicht noch einmal kommt.
Da trampt der Bauer in Strümpfen auf mich zu, packt mich vor der Brust und will mich rausschmeißen.
Lassen Sie das, knurre ich, schlage seinen Arm weg und gehe, ohne mich weiter um ihn zu kümmern, zur Tür. Mit einem Mal haut was über meinen Schädel, ich denke, der Türbalken bricht herunter, aber es ist nur ein Peitschenstiel. Und ehe ich mich's versehe, empfange ich einen Tritt in die Rippen und fliege auf die Straße.
Als ich mich wieder beisammen habe, fühle ich, daß Blut an meinem Hals herunterläuft, mein linkes Ohr ist zerfetzt. Na, da ist denn der Friede vorbei. Wir haben mindestens elf Grad Kälte, und dann ein zerrissenes Ohr und dann auf der Landstraße, nein, vorbei!
Ich trotte blindlings weiter. Und außerdem, weißt du, wenn man voller Demut und Versöhnung an jemanden herantritt, und der pfeift einem mit dem Peitschenstiel übers Hirn, dann... dann... der Satan soll das Ganze holen! Ich reiße einen Streifen von meinem Hemd und binde ihn um mein Ohr, ich tanze wütend die Landstraße entlang und wickele mein Bein vor Schmerz um ein Bäumchen, mein linkes Gesicht schwillt an, und da fällt mir ein, daß man ihm das Haus überm Kopf anstecken

müßte. Überm Kopf! Heute abend noch! Diesem Mondgesicht, diesem Fleischsack mit einer Brille!
Aber bis zum nächsten Dorf habe ich mir die Sache überlegt. Das Haus lieber nicht... wegen der netten Stimme, Gnade für das Haus, überlege ich mir. Aber die Scheune muß brennen, da gibt's gar keinen Widerspruch. Abgemacht! Du vertilgst mein Ohr, ich vertilge deine Scheune. Quitt.
Im Dorf erstehe ich mir ein paar Pfennige und für die paar Pfennige ein Wachslicht. Ein hübsches gelbes Wachslicht und eine Schachtel Streichhölzer.
Es leuchtet dir nicht ein, wie ich merke, wozu denn das Wachslicht nötig ist. Du verstehst nichts von dergleichen. Man kriecht also bei Dunkelheit in die Scheune, wischt ein Streichholz an, schmeißt's ins Stroh und rennt weg. Na, und am nächsten Morgen ist man geschnappt und kann sein Alibi nicht nachweisen... So macht man es wohl bei euch? Unsereins geht anders vor. Man wühlt ein Loch ins Stroh von oben nach unten, ordentlich tief, nicht wahr, und auf den Grund stellt man das Wachslicht. Da dringt kein Schimmer nach außen. Nur... es muß unter dem Wachslicht noch allerlei Stroh sein, verstehst du! Dann steckt man das Wachslicht an. Nach zwei Stunden, wenn man längst im Wirtshaus sitzt, tutet es, alles läuft auf die Straße. Uh ha, es brennt! Gevert Lankenaus Scheune brennt! Man braucht es aber nicht gewesen zu sein, man hockt ja seit zwei Stunden im Wirtshaus, man kann sieben, acht Zeugen für sein Alibi an den Fingern herzählen. Begreifst du, wie angenehm das ist?
Als ich meinen Hemdfetzen vom Ohr nehme, fängt es wieder an zu bluten, das linke Gesicht brennt wie die Hölle. Ich bin in einer schönen Stimmung. Eine Zeitlang liege ich zusammengerollt in einem Torfschuppen und lutsche getrocknete Zwetschen. Auf der anderen Seite

der Straße, ich kann nämlich durch die geflochtene Wand hindurchlinsen, auf der anderen Seite brennen schon in einem Haus die Weihnachtskerzen; sie singen auch, sie bewegen sich hinter der Fensterscheibe hin und her und singen. Es ist Heiliger Abend.

Nein, von der Scheune kann ich nicht abgehen. Das Haus... meinethalben. Und uns ist heute der Heiland geboren. Aber die Scheune... Ich wollte, mein Ohr täte mir nicht so gottsverflucht weh!

Es wird Nacht. Gegen neun Uhr mache ich mich wieder an den Hof heran. Natürlich binde ich mir Stroh und Gestrüpp unter die Schuhe und schlurfe an der Hecke entlang, daß keine Fußspuren zu sehen sind. Nur ruhig Blut! Sie sitzen offenbar in der Küche. Die Küche geht nach hinten raus, dann kommt ein Garten mit Johannisbeeren und ein paar verschneiten Tannen, und dann ist da die Scheune erbaut. Wie gesagt: ruhig Blut! Ich denke: Was die wohl für Weihnachten feiern? Und da krieche ich auch schon durch die Tannen ans Küchenfenster heran.

Das Wachslicht habe ich in der linken Hand und die Hand in der Hosentasche. Ich knie mich nieder und spekuliere durch die untere Fensterecke in die Küche. Friede auf Erden, kann ich dir sagen! Was das heißt? Das heißt weiter nichts als Friede auf Erden. Er geht unter der Petroleumlampe auf und ab, sie sitzt auf einem Haufen Torf und heult. Sie, das ist die mit der netten Stimme von heute nachmittag. Nun sitzt sie da und heult. Und in der Ecke am Herd hält sich noch so ein kleines Ding auf, am ganzen Leibe bibbernd, das Melkmädchen wohl. Wie ich noch so gucke, will die Frau aufstehen. Aber das geht nicht gleich, sie muß es zweimal versuchen, und dann lehnt sie sich an die Wand und heult weiter. Es sieht recht erbärmlich aus... hm... sie ist ja wohl in der Hoffnung.

O mein Gott, Gevert, sag das nicht, sag das nicht! heult sie. Ihre Stimme dringt nur gedämpft durch die Scheiben. Sag das nicht, äfft er ihr nach und bleibt stehen, die Hände in den Hosentaschen, die Knie vorgedrückt, sag das nicht! Ich schmeiße es an die Wand, wenn's kommt! Ich selbst! Geh doch hin zu deinem Heinrich! Ach laß doch! Meinst du, ich wüßte nicht, von wem du's hast! Geh doch hin, wo du hingehörst! Ich? Ich bin dir ja nicht mehr gut genug, ich habe ja einen Bauch, was? Aber der Heinrich mit seiner Polle, mit seinen Gamaschen, was? Du... du Luder!
Er rückt auf sie zu, hält aber wieder inne und greift lieber, sich umdrehend, nach seiner Mütze. Dann wuchtet er auf die Diele hinaus. Ich höre, wie vorn die Haustür aufkracht, zwei Holzschuhe lärmen klapp klipp klapp, dann schlurfen sie durch den Schnee dem Dorf zu.
Die Frau steht noch immer an der Wand. Sie hat gelbes Haar, die eine Hand hält sie vors Gesicht gedrückt und weint durch die Finger, die andere hängt so hoffnungslos herunter, ihr Körper ist ein bißchen zusammengesackt. Ich kann mir nicht helfen, aber sie sieht so unschuldig aus. Friede auf Erden.
Ich knie im Schnee, das Licht fließt trüb über mich hin, hinter mir schweigt die große Winternacht. In meiner Hosentasche steckt das Wachslicht, mein Daumennagel hat eine Rille hineingekratzt.
Jetzt bitte ich dich, was geht mich denn das alles an, was ich da sehe? Das mögen doch die beiden miteinander ausmachen. Schwillt davon mein Gesicht ab? Vergesse ich davon den Peitschenhieb und den Tritt? Als ein anständiger Kerl, als ein Mann von Ehre und Wort habe ich mich in die Scheune zu schleichen, das Wachslicht aufzustellen und die Sache ihren Verlauf nehmen zu lassen. Basta!
Was tu ich aber, was tu ich statt dessen? Nicht wahr, ich

habe doch das Wachslicht in der Tasche, sie haben doch vorhin geleuchtet und gesungen in dem Haus gegenüber, versteh mich recht, es sind doch auch einige Sterne am Himmel, und... und die Frau, die trägt nun ein Kind unter dem Herzen, wie man so sagt, bei uns zu Hause sagt man jedenfalls manchmal so, das ist ja schließlich keine kleine Sache, so ein Kind, alles zugegeben, aber als ein Mann von Ehre und Wort... Na, ich krabbele also zu einem der Tannenbäume hin, die da im Garten wachsen, und bohre mein Wachslicht in den Schnee, der auf einem Zweige liegt. Es bleibt da stehen, und ich zünde es an. Ein kleiner Schein schimmert umher, der Schnee glitzert, die Nacht erhellt sich so freundlich.

Und dann rolle ich mich hinter die Hecke, setze mich auf und fange an zu pfeifen. Das läßt sich nicht so einfach betreiben, denn ich kann vor lauter Verschwollenheit den Mund nicht spitzen. Aber schließlich kriege ich doch so eine Art von Melodie zustande. Am Weihnachtsbaum die Lichter brennen, heißt es ja wohl. Ein Hanjökel ohnegleichen, wenn man es als vernünftiger Mensch betrachtet.

Kaum habe ich ein paar Töne geblasen, da machen sie auch schon das Küchenfenster auf, die Frau und das Melkmädchen. Sie wundern sich wohl ziemlich. Und Gott mag wissen, ob die Frau nicht an ihren Heinrich denkt. Aber ich pfeife immer weiter. Die Frau setzt sich auf einen Stuhl und singt leise mit. Das Melkmädchen auch. Wir drei. Der Gesang schwingt sich empor. Sie atmen und singen. Zwei Engel sind hereingetreten... Und all solchen Unsinn. Es ist beinah wie bei der Heilsarmee.

Unterdessen muß ich immerzu das Wachslicht ansehen und denken, wie zwecklos es da wegtropft. Wie vollständig zwecklos! Was für eine feine Sache hätte daraus entstehen können... aus diesem gelben Wachslicht!

Wie ich mir das so richtig vor Augen halte, kommen mir fast die Tränen, ich könnte mir die Nase abdrehen, ich könnte... aber ich bin schon den ganzen Tag nicht normal gewesen, wir schreiben den vierundzwanzigsten Dezember, wir haben an die elf Grad Kälte. So ist es.

Vorfrühling

Den Februar über habe ich im Armenhaus gelegen. Das Dorf heißt Mylermylen im Oldenburgischen. An stillen Tagen konnte ich, wenn das Fenster offenstand, die Dampfer auf der Weser tuten hören, von Brake herüber, die allmächtigen Steamer, die nach Indien oder Amerika gingen. Sie brüllten in der Ferne. Wälder und Felder waren verschneit.

Ich hatte es auf der Brust, eine Entzündung, nicht schlimm, der Doktor sprach immer freundlich zu mir, der Armenvater auch, es war ein guter Monat mit Ruhe und friedfertigen Kameraden. Ich hatte auch ein paar Bücher zur Hand. Alles ist gut abgelaufen, wenn ich auch noch nicht wieder ganz gesund bin. Der Körper hat das Exsudat noch nicht aufgesogen. Ich befinde mich noch in den Händen der Wissenschaft.

Aber nun dringt Nacht für Nacht aus allen Gärten dieser kühle Duft von Knospen hervor, von aufgebrochenem Erdreich, von Birken und kleinen Bauernblumen. Ich muß nun in der feuchten Dunkelheit umherschleichen und fühlen, wie mir innen was weh tut. Vielleicht ist es der Frühling, vielleicht hat mich die Krankheit so weichlich gemacht, ich habe etwas Ausschlag am Mund, mein Blut bebt, oder woran das nun liegen mag.

Frühling? Jawohl!

Ich bin wieder voller Verlangen ins Ungewisse. Die Veil-

chen beginnen zu duften, die Hecken auch in diesem nördlichen Land, und selbst das Gras am Wege steht da in seiner Einfalt und hat einen Geruch.
Tagsüber wird es wohl, das Leise, von Licht und Lärm und Kartenspiel verwischt, aber wenn die Nacht kommt, duftet's schweigend empor. Der Frühling herrscht mit einer geheimnisvollen Gewalt. Er duftet an den Zäunen hin und langsam übers Dorf hinaus ins Moor, in die... nach Norden... da muß die See sein... die Nordsee.
Ich lehne mich an einen Baum und weiß nicht aus noch ein vor Lust ins Weite. Aber ich bin noch krank. Da oben wehen die Sterne glänzend über das kahle Geäst.---
Der Doktor fragt mich, ob ich etwas von Gärtnerei verstünde, Gebüsche beschneiden, Wege abstechen, Erbsen legen und dergleichen.
Doch, ja, das könne ich schon.
Dann solle ich mich mal in seinem Garten nützlich machen. Einen halben Tag, leichte Arbeit, Rekonvaleszenz. Ob ich nicht gleich heute anfangen möge?
Jawohl. Und wann schreiben Sie mich gesund?
Wenn Sie meinen Garten fertig haben. In acht Tagen läßt sich unter Umständen darüber reden. Wie steht es beiläufig mit dem Urin?–
Nach dem Frühstück gehe ich hin und klingele an seinem Haus. Er muß ein vornehmer Mann sein, die Treppe zu seiner Haustür ist aus Granit, vor den Fenstern blühen Hyazinthen in goldenen Töpfen. Dr. Cassens, Arzt und Geburtshelfer.
Ein Fräulein öffnet die Tür. Ich sage guten Tag und frage nach dem Herrn Doktor.
Guten Tag, mein Vater ist allerdings noch nicht wieder zurück.
Und die Frau Doktor?
Verreist.

Hm, sage ich, weil ich den Garten zurechtmachen soll. Aber wenn das gnädige Fräulein mir vielleicht die Schaufel und die Baumschere geben möchte...
Ah, natürlich, dann sind Sie ja Herr Lampe aus dem... aus dem... Dingshaus! Schön, Herr Lampe, gehen Sie schon mal nach hinten, ich komme durch den Keller.
Lampioon.
Wie?
Ich meine nur, mein Name ist Lampioon!
Das Fräulein ist groß und bräunlich. Wenn sie lächelt, leuchten ihre Zähne weiß und feucht aus dem Munde heraus, ihre Lippen sind auch feucht. Leider hat sie ihr Haar nicht gut gekämmt, wenigstens tanzen zwei schwarze Strähnen über ihrer Nase hin und her, an ihrer Bluse fehlt ein Knopf. Fräulein? O ja, sie verfügt über eine gewisse Vornehmheit, aber ihre Bewegungen sind so fahrig. Februar... März... März! Na, das geht mich ja nichts an, es geht mich auch nichts an, daß sie keine Strümpfe trägt, daß sie große, unruhige Augen hat mit schimmerndem Gold in der Tiefe. So so, ihre Mutter ist verreist, und augenblicklich steht sie selbst dem Haus des Doktors vor mit ihren nackten Beinen. Ein Glück, daß ich mich heute morgen frisch rasiert habe!
Als ich noch keine halbe Stunde bei der Arbeit bin, bringt sie mir wahrhaftig ein Glas Wein in den Garten hinaus.
Pröstchen, Herr Lampioon! Sie waren ziemlich krank, wie man mir erzählt hat. Natürlich müssen Sie sich von Zeit zu Zeit mal ausruhen. Pfui, wir kriegen sicher anderes Wetter, die Sonne sticht ja kolossal!
So etwas ist mir denn doch in meinem Leben noch nicht vorgekommen. Ich weiß nicht einmal, was ich antworten soll. Und dann fasse ich das Glas so ungeschickt an, daß mir der Wein über die Finger fließt. Als ich es abset-

ze, fällt mir ein, daß ich hätte sagen müssen: Auf Ihr Wohl! Aber der Satan soll seine Gedanken beisammen halten, wenn so eine bräunliche Hexe neben einem steht! Und dabei ist es wiederum so angenehm, sie hier draußen zu haben. Wie man mir erzählt hat, sagt sie in ihrer Vornehmheit. Ein vollständiges Abenteuer! Warte einmal, hat sie sich nicht mittlerweile eine andere Bluse angezogen? Vorhin dachte ich, sie sei knapp fünfzehn Jahre alt, aber jetzt sieht sie wenigstens wie siebzehn aus. Gut und gern siebzehn! Betrachte doch mal ihre Figur! Der Wein steigt mir zu Kopf, ich werde mutig und fasse ganz ungeniert ihren Busen ins Auge. Merkt sie's nicht? Doch, sie wendet den Blick weg, die Adern an ihrem Halse klopfen, aber nichts von Verachtung, von Ohrfeigen, von Stirnrunzeln. Dann hat sie wohl im Grunde nichts dagegen, wenn dem Landstreicher da vor ihr die Augen aufgehen, daß sie keine Konfirmandin mehr ist. Wir stehen zwischen den Haselsträuchern, deren Zweige ganz warm von der Sonne sind, die Frühlingsluft weht um uns herum. Ich trinke das Glas schnell aus und gebe es ihr zurück.

Danke schön!

Was wollen Sie denn jetzt anfangen?

Erst will ich mal die Haselsträucher beschneiden.

Haselsträucher beschneiden... ich meine, was Sie überhaupt anfangen wollen? Sie als Reisender über Berg und Tal haben doch nicht im Sinn, ewig bei uns in Mylermylen zu bleiben. Man kommt hier ja um vor Langeweile, finden Sie nicht auch?

Finden Sie nicht auch? sagt sie. Erst fährt sie mich an, dann sagt sie: Finden Sie nicht auch? Was ist das für eine Art! Oder hat sie es noch nicht richtig heraus, einem Landstreicher von oben herab zu begegnen? Sie übt sich noch, sie ist noch keine völlige Dame. Aber ist sie etwa noch ein Kind? Ich nehme meine Zuflucht zu der Schere

und knipse an den Zweigen herum. Dann werde ich wohl auf die Wanderschaft gehen, sage ich.
Herrlich! Wohin denn?
Knips... knips... das weiß ich noch nicht, gnädiges Fräulein, das weiß unsereins nie so recht.
Aber was machen Sie denn da?
Ooch, es läuft einem ja vielerlei in den Weg, ein Karussell, ein Kamerad, blühende Bäume jetzt in dieser Zeit. Wälder... Mädchen, vor allen Dingen Mädchen...
Ihre Mädchen interessieren mich doch wohl nicht! Ich meinte selbstverständlich, was Sie da mit der Schere machen?
Ich lenke sofort ein und entgegne, daß ich selbstverständlich die Blatttriebe wegnehme, die hier über den Kätzchen aufschießen wollten.
Ach so.
Damit die Kraft des Strauches und all dieser Frühlingssaft recht in die Kätzchen dringt, in diese Würstchen hier. Das sind sozusagen die männlichen Blüten.
Männliche Blüten! Guck einer an, gibt es denn zweierlei Blüten?
Haha, natürlich! Entschuldigen Sie!
Und wo sind die weiblichen Blüten?
Da stehen Sie nun, gnädiges Fräulein, und haben vielleicht in Ihrem ganzen Leben noch keine weibliche Haselblüte gesehen, da, diese winzigen violetten Sternchen da, sehen Sie...
Sie neigt sich über meine Hand, ihr Nacken ist feucht, ich rieche den Dunst ihres Mädchenleibes.
Wahrhaftig, murmelt sie, was man bei Ihnen nicht alles lernen kann!
Dann richtet sie sich auf und wischt die Haare aus ihrem Gesicht: Männlich... weiblich... Sie werden es nicht für möglich halten, Herr Lampioon, aber ich bin in vielen Dingen noch so unglaublich unerfahren. Botanik, Zoo-

logie, männlich, weiblich... mein Vater hat für so etwas nicht viel übrig.
Sie schielt mich von der Seite an, sie ist... sie weiß nicht, was sie sagt, sie ist berauscht, ich auch, ich auch. Ein Kind, ein Mädchen mit einer enganliegenden Bluse, ein Weib, ein junges Tier. Oh, wir verstehen uns ausgezeichnet in unserer Berauschtheit!
Was sagt sie jetzt?
Nach dem Essen, wenn Vater schläft, sollen Sie mir einmal die Trittleiter halten, ich muß in der guten Stube neue Gardinen aufstecken.
Und ich antworte: Jawohl. Ich antworte weiter, indem ich einen Haselzweig genau betrachte: Weil Sie gerade davon sprechen, gnädiges Fräulein, wir auf der Landstraße haben beispielsweise gelernt, die Gelegenheit zu nutzen, wir sind so unglaublich entschlossen zu allem Möglichen. Was man verpaßt hat, das bietet sich einem nicht wieder, und morgen ist man schon längst über alle Berge.
Das ist nun eigentlich keine richtige Antwort, aber das Fräulein lächelt, und in ihrer Verwirrung sagt sie:
Dann wären Sie wohl imstande, irgendeine Tür zu verschließen, wenn Sie mit jemandem...
Aber ich falle ihr ins Wort: Übrigens, wenn die ersten Kätzchen blühen, dann warten Sie einen trockenen Morgen ab und einen leidlichen Wind. Dann klopfen Sie an die dicken Äste, in acht Tagen wohl, dann fällt der Blütenstaub aus den Kätzchen und läßt sich auf den Sternchen nieder. Das gibt viel Nüsse, verstehen Sie?
Nein, sie hört nicht einmal zu, sie denkt an etwas anderes. Plötzlich schreit sie: Jemine, mein Essen! Ich habe noch keine Kartoffeln auf dem Feuer! und springt mit ihren langen Beinen davon. Vor der Kellertür dreht sie sich noch einmal um: Ich rufe Sie dann!
Jawohl! sage ich und starre ihr nach.

Von nun an pfeife ich ununterbrochen bei der Arbeit. Nach einer Weile beginnt das Haus von innen heraus zu erklingen. Sie singt.
Sie auch. –
Zwölf Uhr mittags. Der Doktor ist noch nicht zurückgekommen. Als ich im Vorgarten den Rasen rund um das Tulpenbeet absteche, und neben mir der Schlehdorn so lautlos blüht, und die Hühner im heißen Straßenstaube schlafen, vernehme ich mit einem Mal eine Musik, die sich aus all der Stille über dem Dorf sanft und dunkel löst. Ein Orgelmann, der erste in diesem Jahr! Hin und wieder haucht Wind die Straße entlang, dann wird die Melodie deutlicher. Sonst ist sie noch fern und verschwommen.
Klim klim... duu, zwei drei... düüh, zwei drei... duu, zwei drei... So ein Orgelgesang, der an einem sonnigen Märztag heiter über die Gärten fliegt, es gibt nichts, was einen glücklicher machen könnte, man fühlt sich so glücklich. Ja, ja, wie man's nimmt. Glücklich und traurig, man ist so zwiespältig gestimmt.
Na, dieser Kerl ist noch einer von der alten Mode. Er läßt einen Walzer nach dem anderen erklingen, und als er näher kommt, merke ich auch, daß sein Instrument nicht gerade das beste ist. Eine Zeitlang trällern die Töne ganz hübsch dahin, eins zwei drei, eins zwei drei, aber dann geraten sie außer Rand und Band, alles wirbelt durcheinander, Mißlaute erheben sich... da, jetzt versammelt sich die Melodie wieder, und jetzt sind's die lustigen Hannoveraner... bom bom... schon alle... bom bom... beisammen... didelum.
Ich knicke in den Knien ein und wiege mich im Takt. Bom bom. Im Grunde genommen ist das Leben unvergleichlich schön. Der Schlehdorn blüht. Fräulein Cassens, komm heraus mit deinen langen Beinen, wir wollen tanzen! Bom bom didelum!

Schade, der Musikant wandert hier nicht vorbei, er hält sich wohl in der Hauptstraße. Laß mal hören! Ja, in der Hauptstraße. Er scheint es auch eilig zu haben, es dauert gar nicht lange, da dudelt er seine Walzer und Märsche schon in ziemlicher Ferne, und schließlich verklingen sie gegen Westerbeck hin. Er wandert.

Ich stütze mich auf die Harke. Er wandert... Ach was, jetzt wird hier der Rasen geharkt!

Ihr lustigen Hannoveraner... zom zom... seid ihr alle... zom zom... beisammen... sum sum.

Hm.

Und... und was den Orgelmann betrifft, so wandert er jetzt durch die Ohlenstedter Heide an den roten Gagelsträuchern vorbei ins unermeßliche Blau hinein. Denk einer, was für einen Himmel wir heute über uns haben! Und da draußen erst! So richtig und buchstäblich ins Blaue hinein! Und wenn ihm gerade danach zumute ist, kann er sich irgendwo unter einen wilden Kirschbaum stellen und einen Ländler aus seiner Orgel emporwirbeln. Dann rieseln die weißen Blütenblätter über seinen Hut... klim klim... dududom... dududom... und dann trottet er weiter und dudelt von Dorf zu Dorf, immer weiter die Landstraße hin durch den Gagelduft, manchmal regnet es und rauscht, er hängt ein Wachstuch über seine Orgel und wandert durch das Rauschen hindurch, abends dehnt sich die Ebene unendlich hin, ich wandere hindurch und werde immer kleiner, ein winziger Punkt in der lila Unendlichkeit. Siehst du mich noch? Und zuletzt bin ich ganz verschwunden. Nur die Dämmerung bleibt übrig und einige Sterne.

Was denn? Ich? Ich? Er! Wo bin ich denn?

Stehe ich noch immer im Garten des Doktors? O Gott, ich muß auch wandern, das ist es! Ich muß auf der Stelle fort! Leise, leise! Leb wohl, Fräulein Cassens, wir hätten eine wilde und sündige Zeit gehabt, du und ich. Aber

siehst du, ich muß ja wandern! Gesund oder nicht gesund, wenn ich einen Fuß vor den anderen setze, wird es schon gehen. Leb wohl! So jung du auch bist mit deinen schmalen Schenkeln, es kommt jetzt nicht mehr in Frage, daß ich deinetwegen die Landstraße verrate. Ich muß ja wandern, gleich, ich muß hier ja alles im Stich lassen. Ich muß wieder den Himmel und die Freiheit wie einen schwermütigen Ruf vor mir haben! Bebenden Herzens! Ich muß das wieder einmal haben! Das... die Ferne... das Neue... das... das... Dahinten... Ich kann es dir nicht sagen! Siehst du, Fräulein Cassens, da hat eben einer von ferne ein Lied gespielt und ist hinter den Gärten und Häusern weitergezogen. Ich kenne ihn nicht, und wenn es gleich einer von denen ist, die bloß verdrossen ums Brot orgeln... was wollte ich doch sagen? Ich kenne ihn nicht, aber jetzt ist meine Zeit hier vorbei. Laß mich in Frieden! Ich komme, Kollex, ich komme! Ich bin schon beinahe unterwegs! Wohin? Rechter Hand, linker Hand, im ganzen geradeaus!
Und ich lege die Harke vorsichtig auf die Erde und schleiche mich weg. Als ich auf der Straße bin, muß ich die Zähne zusammenbeißen, daß ich nicht anfange zu laufen, bebenden... brausenden Herzens.

Unterwegs

Ich krümme mich zusammen, ich drücke meine Knie gegen meine Stirn, ich schlinge das rechte Bein um das linke, ich hauche gegen meine Brust, es hilft alles nichts, die Nacht ist zu kalt, ich kann bei dieser Kälte nicht wieder einschlafen. Noch ist es stockdunkel um mich her. Durch die Ritzen der Schuppenwand zieht es ganz verflucht. Ich hätte sie gestern abend, als ich hier hereinkroch, gleich mit Gras verstopfen sollen. Aber da ging die Luft so lau, daß ich dachte, es müßte geradezu ein Vergnügen sein, in einem Viehschuppen zu pennen. Leider gibt es hier drinnen weder Heu noch Stroh, nur ein paar verschimmelte Bretter für ein Bett. Ich kann hier wirklich nicht länger wohnen bleiben. Raus, du langer Laban!

Ein heller Sternenhimmel über mir, ein träger Wind, rundum die schwarze Hammeniederung. Ja, ja, ich habe mich schon wieder in diese Gegend verirrt. Aber als ich in Tröndelbeck nach jemandem fragte, der Elsbeth hieß, mußte ich hören, daß sie augenblicklich in Wesermünde bei ihren Eltern sei. Schade! Aus mehr als einem Grunde schade!

Da habe ich mich denn wieder nach Osten gewandt, aufs Geratewohl ins Moor, bis ich gestern auf diesen Viehschuppen gestoßen bin. Und jetzt muß ich erst einmal warm werden. Ich schlage mich auf Brust und Schenkel, daß es nur so klatscht. Das Blut muß erst einmal aufwachen. Ich bin übrigens vor lauter Wandern wieder gesund geworden. So einigermaßen wenigstens. Wir haben aber auch so warme Tage wie seit Jahren nicht. Nur die Nächte...

Die Nächte verstehen noch keinen Spaß.

Wieviel Uhr mag es sein? Der Große Bär schwingt sich schon nach Norden herum, die Krone flimmert gerade über mir. Vier Uhr vielleicht. Oder noch etwas früher. Der Mond ist ja noch nicht herauf.

Warte mal, ich hatte doch... siehst du wohl, da stecken noch zwei Kartoffelpuffer in meiner Rocktasche, in Zeitungspapier gewickelt und hübsch zerquetscht. Da habe ich nun drauf geschlafen. Du meine Zeit, ich hätte sie gestern aber auch raustun sollen! Na, sie schmecken unter diesen Umständen eben nach Druckerschwärze. Die Hauptsache bleibt, daß ich sie besitze und sie verzehren

kann. Ich habe so ein merkwürdiges Gefühl im Magen, das mich ganz schwindlig macht. Die Dinger schmecken aber tadellos, die Schulmeistersfrau von Ohlenstedt hat gutes Öl genommen, ich will nie wieder etwas gegen die Frauen von Schulmeistern sagen.
Und somit lehne ich mich an den Schuppen und kaue. Vor mir liegt die Nacht wie ein schwarzer Dunst auf der Niederung, die Luft zwischen Himmel und Erde ist nicht völlig verfinstert, der Himmel glitzert. Ganz in der Ferne stehen im Nebel düstere Wälder am Horizont. Mein Blut summt in meinen Ohren, die Nacht schweigt, die dumpfe, geheimnisvolle Weite. Dann und wann schlurft ein Frosch auf. Sonst nichts. Im Osten tastet sich ein erstes, unwirkliches Dämmern hoch, kaum wahrnehmbar. Aber die Sterne funkeln da schon matter.
Ich kaue und lasse mir dies und das durch den Kopf gehen. Was das wohl heute für ein Tag für mich werden wird? Wem ich wohl begegnen werde? Wo ich wohl heute abend bleiben werde? Ich erwäge einige Wünsche. Ja, wer das wüßte! Aber erst will ich mal meine Puffer aufessen, dann wird sich schon alles finden!
Und mit einem Mal überkommt mich wieder so ein Glücksgefühl, weil ich die Welt so vor mir habe, die ganze ruhende Landschaft. Wie eine Beute, wie ein Eigentum. Ich bin der König. Mir gehörst du, du düstere Ferne! Mir! Wem sonst? Ich bin ja der einzige Freie weit und breit! Ich bin imstande, dahin und dorthin zu gehen, ich kann stehenbleiben und mein Wasser abschlagen, ich kann mich auf ein Geländer setzen, ich kann mich niederlegen, ich kann lachen und weinen, wie es mir gerade einfällt, ich kann grüßen und verachten, wen ich will. Ich kann auch lieben, wen ich will. Jeder Schritt, den ich mache, trägt mich in Abenteuer und Ereignisse hinein. Manchmal stehe ich auch nur aufrecht da, und es begibt sich etwas. Sieh nur, jetzt hebt sich beispielsweise die Si-

chel des abnehmenden Mondes rot und glanzlos aus dem Nebel herauf! Und ich verspeise meine Kartoffelpuffer und sehe zu. Das ist mein gutes Recht. Ich habe jetzt Mondaufgang. Es gibt Leute, die bezahlen Geld und gehen ins Theater und passen auf, was auf der Bühne geschieht. Mein Theater ist einfach diese traumhafte Welt, die bald glühend und bald verdunkelt erscheint. Ich nehme alles wohl in acht, was hier emportaucht. Und wenn nichts Kleines passiert, so richte ich meine Aufmerksamkeit auf das Große. Der Wind läuft über die Erde, der Mond schwimmt dahin, das Sonnenlicht stürzt verschiedenartig durch die Wolken, die Schilfwälder rauschen, das finde ich alles so wundersam und beachtenswert. Jetzt ist es noch dunkle Nacht, aber in einer Stunde weht schon ein fahles Licht am Himmel hoch. Ich brauche gar nichts dazu zu tun, nicht wahr! Und daß sich das so von selbst wandelt und begibt, gestern, heute und ewig, daß die Wolken ewig dahinziehen, und daß ich mir das so ohne weiteres ansehen darf, denk einmal, ich finde es wirklich wundersam. Und ich muß mich fragen, ob es tatsächlich Menschen gibt, die es für wichtiger halten, in einem Kontor zu sitzen und auf der Schreibmaschine zu schreiben, einen Schornstein sauber zu machen, etwas über Debet und Credo zu lesen oder einen Straßenbahnwagen zu lenken... Wenn ich es nicht manchmal mit meinen eigenen Augen gesehen hätte, ich könnte es nicht glauben. Aber es ist so.

In dieser Stunde schlafen sie noch alle. Was mich anbelangt, so werde ich, wenn ich nun weitergehe, meine Tritte weich machen vor Liebe zu dem Erdreich, das unter mir ist, ich werde mich vielleicht niederbeugen und mein Gesicht an die kalten Grasspitzen halten vor... auch vor Liebe.

Und doch werde ich ganz da innen nicht glücklich sein. Ich spüre da immer einen feinen Schmerz, und ich denke mir, er kommt daher, daß ich den Grasspitzen da unten und den Wellen auf den Gewässern, dem Mond und dem Wind und all den lautlosen Gewalten und Wandlungen dieser Erde, denen ich so gern zusehe, immer noch fremd bin. Ich liebe sie so sehr, aber ich bin doch ich. Ein Fremdling. Ich will nur einmal von einem Stäubchen in der Luft reden. Es entzündet sich vielleicht in einer Sonnenbahn, ich erblicke es, wie es da schwebt und schimmert, ich halte ihm einen Finger hin und bin freundlich zu ihm, aber ganz zuinnerst weiß ich, daß wir einander nicht verstehen. Und es ist doch nur ein Staubkörnchen! Soll ich etwa von einer Sternschnuppe reden oder von der Zugluft, die vorhin durch die Ritzen meines Schuppens strich, oder von einer Ameise? Oder soll ich von den Menschen reden? Ich habe ein Mädchen im Arm, sie drängt sich an mich, wir sind so gut zueinander, Liebe, nicht wahr. Aber mein Gott, wenn ich nur ihre bebenden Wangen ansehe oder ihre Finger, die sich in meinen Rockärmel gekrallt haben... wie fremd und wild ist das! Zuzeiten betrüge ich mich mit einem blassen Leibe, mit Schnaps, mit einem blühenden Baum im Frühling, dann vergesse ich diesen feinen Schmerz, nein, ich vergesse ihn nicht, ich verhülle ihn nur, ich benehme mich, als sei er nicht vorhanden. Aber er ist doch da, er zieht so zart durch mich hindurch, er schmerzt auf eine so zärtliche Weise, wie ein letzter, leiser Kuß, ehe man weiterreist. Und dabei ist er von solch einer Beschaffenheit, daß ich oft nicht sagen kann, ob er... ob der Schmerz oder dies... ja, daß ich es weiß, ob das nicht das Allertiefste und Seligste auf der Welt ist.

Ich möchte etwas gestehen: Fremd, ja gut, Schmerz, auch gut, aber ich bin ich, o nein! Ich möchte nur sagen, daß auch in mir Gewalten und Wandlungen sind, in denen ich wie ein Fremdling dastehe, traurig und hilflos.

Darf ich noch etwas Aufrichtiges sagen? Zuweilen bin

ich glücklich, wie könnte das wohl anders sein, aber meist bin ich ganz hilflos, auch wenn ich lache, auch wenn ich ruhig mit der Hand über mein Kinn fahre. Und wenn es nicht unverschämt erscheint, möchte ich wohl fragen, wie es denn mit dir in dieser Hinsicht steht.
Mit mir? antwortest du. Mit mir ist das natürlich etwas anderes, ich bin doch auch kein Landstreicher! Wie es sich mit mir verhält? Ich habe jedenfalls nicht nötig, nachts hilflos dazustehen und zu klagen.
Ach, du verstehst mich nicht! Das hat nichts damit zu tun. Meiner Ansicht nach kommt meine Hilflosigkeit nicht daher, daß ich mich als Landstreicher herumtreibe, auch nicht daher, daß ich einmal einen Menschen getötet habe... Ja, ja... wußtest du das noch nicht? Doch, ich bin geradezu ein Mörder. Aber das alles hat nichts damit zu tun. Ich bin ein Mensch. Daher kommt es wohl. Und was bist du?
Leb nun wohl bis heute abend! Ich muß jetzt aufbrechen, es ist mir hier zu kalt. Und außerdem führt es ja doch zu nichts, wenn man sich nachts um vier Uhr an einen Viehschuppen lehnt und über sein Leben nachdenkt. Man wird so schlaff davon.
Ich stoße mich mit den Schultern von den feuchten Balken ab, und da ich nicht vornüberfallen will, bleibt mir nichts anderes übrig, als meine Beine in Bewegung zu setzen. So wate ich durch die Finsternis, durch quatschende Wiesen, ich überquere niedrige Dämme und springe über Gräben und Schilf. Ein Kiebitz streicht schattenhaft am Boden hin, wirft sich plötzlich senkrecht hoch und stößt, indem er sich überschlägt und herabfällt, ein verschlafenes Kiiuyt aus. Die Sterne sind kleiner geworden und funkeln nicht mehr. Der Himmel beginnt sanft zu schimmern, es ist, als ob er allmählich durchsichtig würde, man ahnt nun, daß da oben lauter Kristall ist. Und der Mond fährt bleich dahin.

Hier unten liegt freilich noch allerlei Nacht auf den Wiesen, aber ich kann doch schon erkennen, daß dahinten zwei schwarze Segel langsam durch die Ebene ziehen. Das sind Torfschiffe auf der Hamme, die leer von Bremen zurückkommen und wieder ins Moor hinaufsegeln. Vielleicht nimmt mich eins mit. Dann aber los! Ich laufe und springe. Quatsch... patsch! Da biegt die Hamme schon herum. Das erste Schiff kriege ich nicht mehr, aber das zweite rufe ich an, ob ich nicht ein Stück mitfahren dürfte. Meine Stimme hallt übers Wasser: He! Ho! Jan!

Der weißhaarige Bauer, der am Steuer sitzt, antwortet nicht, er drückt nur die Pinne ein bißchen zur Seite, da nähert sich das Schiff dem Ufer, ich laufe einige Schritte nebenher, dann kann ich mich hineinschwingen.

Mojen! sage ich und setze mich unter den Mast. Schönen Dank!

Der Bauer tut seinen Mund auf und sagt: Jau!

Und dann gleiten wir weiter. Der Wind drängt sich sacht in das geteerte Segel, das schwarze Wasser gluckert am Bug, wir gleiten dahin, wir schweben fast. Über uns dämmert der unendliche Himmel mit den Sternen, die jetzt so winzig wie Stecknadelspitzen aussehen. Unbeschreiblich leicht und silbern hängt die Mondsichel im grauen Dunst des Ostens. Ich sehe nur Wasser und einen schmalen, samtenen Strich Ufer und lauter Himmel. Ich höre nur die Stille. Das Holz des Schiffes atmet Wärme aus, ich fühle mich so geborgen hier. Und das Wasser, das uns trägt, ist so weich, da unten hängt noch einmal, geschaukelt von den kleinen Wellen, die unser Schiff aussendet, die leichte und silberne Mondsichel. Ich bin unterwegs, ich reise und fliege so sanft fort. Manchmal erlebe ich im Schlaf so etwas.

Der Alte sitzt unbeweglich am Steuer. Das weiße Haar fällt in Fetzen über seine Stirn, über seine Ohren. Und

unter den Ohren fängt gleich der Bart an, auch so zerfetzt. Ich möchte wissen, was er wohl bedenkt, wenn er so jahraus, jahrein auf der dunkelbraunen Hamme von seinem Moor her durch die Tage und Nächte segelt. Er macht die Stirn kraus und blickt übers Wasser und schweigt.
Und wie ich sein Gesicht dort in der Dämmerung betrachte, kommt es mir so groß und fern vor. Je länger ich es ansehe, um so größer wird es, um so mehr rückt es in die Ferne. Die Nase nimmt sich wie ein Felsenvorsprung aus, die Augenbrauen sind hängende Gebüsche, die Schläfen flache, kahle Talmulden. Ich sehe nur das Gesicht. Alles andere vergeht. Und da muß ich mir vorstellen, das Gesicht sei eine geheimnisvolle Landschaft mit Bergen und Klüften, mit grauen Wäldern und Seen, und ich wanderte darin herum. Ich stelle mir das nur so vor, ich phantasiere ein bißchen. Unter diesen Gebirgen sind die Leidenschaften wie Erdbeben hingewogt, Krankheiten sind wie furchtbare Winter über die Wälder gezogen... eine Landschaft, die sich über Träumen und Gedanken aufgebaut hat. Gespenstiges Licht rieselt nieder. Und jetzt wandere ich hindurch.
Zuerst klettere ich blindlings in einer Schlucht des Bartwaldes hoch, dann durchstreife ich scheu das nackte Tal zwischen den gebogenen Lippen, an manchen Stellen ist der Wald, der bleich und seltsam auf den Höhen steht, halb herabgestürzt, ich zwänge mich hindurch und komme vorwärts. Und wo das Tal zu Ende geht, arbeite ich mich zwischen den niedergebrochenen Stämmen empor, und mit einem Mal stehe ich vor einem gewaltigen Felsen, der senkrecht hochschießt. An seinem Fuße gähnen zwei Höhlen, und aus ihrer Tiefe dröhnt heißer Wind heraus. Überall wuchert dieser bleiche Wald, sogar im Innern der Höhlen. Ich schlage mich rechts um den Felsen herum, wo die Stämme am dünnsten sind. Bald hö-

ren sie ganz auf, und ich trete auf ein freies, hügeliges Gelände hinaus, das von tausend Gräben und Spalten merkwürdig zerrissen ist. Was für Mächte müssen das gewesen sein, die Tal und Hügel im Laufe der Zeiten so verwüstet haben! Im Hintergrund spannt sich ein Bergjoch von mäßiger Höhe quer durchs Gelände. Ich steige hinauf, auf der anderen Seite senkt sich's schnell ab, und im Grunde liegt ein langgestreckter See. Als ich nach einer Weile an seinem Ufer stehe, merke ich, daß er, obwohl die Luft warm geht, mit durchsichtigem Eise überfroren ist. Ich versuche, daraufzutreten. Es trägt mich. In der Nähe des Ufers kann ich den weißlichen Grund noch erkennen, aber je mehr ich mich in die Mitte wage, um so dunkler wird die Tiefe, sie stürzt erst ins Blaue ab, und schließlich halte ich über einem schwarzen Abgrund. Ich knie mich nieder, aber wie sehr ich auch hinabstarre, ich kann nichts als Nacht erkennen. Ein Abgrund voller Nacht. Und doch ist mir, als blickte stumm und rätselvoll etwas herauf... Qual, die nicht sprechen kann. Womöglich erfährt jemand, der hier die Kristalle zerhackt und sich in die Nacht hinunterläßt, alles Geheimnis der Welt. Vielleicht wohnt da unten der liebe Gott und träumt und wahrsagt im Schlaf. Vielleicht blickt auch ein Ungeheuer herauf und bewegt schon seine schwarzen Arme, um mich plötzlich hinabzureißen. Da schleicht ein Schauer über mich, ich erhebe mich und gleite schnell ans andere Ufer. Dort geht ein steiler Hang hoch. Ich ziehe mich an dem Gestrüpp und Gesträuch hinauf und verschwinde hastig in dem wilden Waldstreifen, der da oben wieder wuchert. Als ich jenseits herauskomme, bin ich auf einer weiten Hochebene. Ich wandere und wandere. Einmal bleibe ich stehen und stampfe auf. Es klingt, als ob ich auf einer Kruste stünde. Darunter lebt etwas. Es rauscht so fein. Ich wandere immer weiter. Drei Schluchten legen sich hintereinander quer vor mei-

nen Weg, aber ich lasse mich nicht von meiner Richtung abbringen, ich sehe in der Ferne große Wälder. Da will ich hin.
Wer weiß, was ich noch alles entdeckt hätte, wenn der Bauer seinen Kopf nicht unversehens hintenübergelegt und sein Gesicht zum Himmel gekehrt hätte. Ich wische mir mit den Handballen in den Augen herum und finde mich wieder auf dieser Erde zurecht. Das Schiff... der Mast... das geteerte Segel...
Was sucht der Alte denn am Himmel in der grauen Nacht? Er späht und horcht. Die Sterne scheinen matt, der Wind zieht langsam darunter hin, es ist nicht mehr dunkel, aber auch noch lange nicht hell, Tiere und Menschen schlafen noch, das Wasser schläft noch, die Büsche am Ufer neigen sich schlaftrunken in den Fluß. Da höre ich es mit einem Mal auch, da oben in der Dämmerung über mir. Es kommt schnell näher. Ein Piepen und Pfeifen und nun auch ein Rauschen und Flattern, dazwischen langgezogene Klagerufe. Immer mehr, immer mehr. Zugvögel, die nach Norden unterwegs sind. Ich mache meine Augen scharf, ich halte die Hand über die Augen, nein, man kann nichts unterscheiden. Nur das Schwirren und Klagen ist da, fern und mystisch unter den Sternen hin, vorbei an der blassen Mondscheibe dem nordischen Frühling zu. Was bleibt einem Wanderer da anders übrig, als seinen Hut abzunehmen, wenn er auch verschiedentlich eingebeult ist, und ein bißchen andächtig zu sein. Ich kenne die Vogellaute in allen Jahreszeiten, aber nie klingen sie so sehnsüchtig und ängstlich wie diese da. Sie wollen wohl sagen: Weiter, weiter! Ach, wir können schon fast nicht mehr! Und sie schlagen mit den Flügeln und wehen klagend weiter über die ruhenden Länder.
Der Bauer blickt noch immer empor. Gahn na Hus, meint er nachdenklich, na Geestemünde rum, nich?
Ne, sage ich, büschen weiter noch.

Na Cuxhoven ook, weet ick wull. Und dann kneift er das linke Auge zu und murmelt aus tiefstem Herzen: Mol ornlich twischen bollern, rums!

Ne, laß man, sage ich.

Aber er blickt empor und hört nicht auf mich und denkt sich sein Teil.

Ein langer, langer Vogelzug.

Jetzt scheint er vorüber zu sein, ich höre das Flügelrauschen nicht mehr, aber das sehnsüchtige Rufen, das ermattete Piepen tönt noch immer her, nun wird es leiser, nun lebt es noch einmal auf, und nun verklingt es gänzlich in der Dämmerung.

Alles ist wieder wie es vorhin war, nur der Himmel, der Raum da oben, ist so weit geworden...

Der Bauer achtet wieder auf Segel und Steuer, wir schwimmen weiter. Einmal steht links ein kleines Haus am Ufer mit Pappeln und Birken darum herum, nachher rechts ein anderes. Wer da wohl wohnen mag sommers und winters? Dann tun sich Schilfwälder auf, dann müssen wir unter einer Eisenbahnbrücke durch. Der Alte muß das Segel fallen lassen und den Mast umlegen. Wir gleiten durch die Wölbung hindurch. Er richtet den Mast wieder auf, spannt das Segel wieder hoch, und es geht weiter.

Nach einer halben Stunde haben wir uns dem Dorf Worpswede, das rechter Hand in Bäumen versteckt liegt, so weit genähert, daß ich die Windmühle und die Kirche mit dem Helmdach aus den Wipfeln aufragen sehe. Daneben zeichnet sich der Weyerberg ab, der hier weit und breit die Ebene beherrscht. Ich sage dem Alten, daß ich dort hinauf möchte. Er guckt unter dem Segel durch und nickt mit dem Kopf nach vorn. Da steht wieder ein Haus in einer Pappelgruppe, und ein Weg führt, soweit ich's im Zwielicht erkennen kann, an einem kleinen Kanal entlang, der dort abzweigt, auf Worpswede zu. Als wir herangetrieben sind, bedanke ich mich und springe an Land. Das Schiff fährt weiter. Vorn am Bug hat es ein winziges Verdeck mit einer Ofenröhre.

Ich schlendere auf Worpswede zu. Manchmal geht es nicht anders, ich muß stehenbleiben und den Mund eine Weile aufreißen, ich bin so müde. Hoaaa... ja ja ja, das kommt davon, wenn man sich nachts wohin bettet, wo man nicht richtig schlafen kann! Hoaaa... Nun, um die Mittagszeit wird es schon in irgendeiner Sandkuhle warm genug sein, daß ich da meine drei Stunden Schlaf nachholen kann.

Ich schlendere auf Worpswede zu, und eins reiht sich ans andere. Ich komme an einer Windmühle vorbei, aber sie dreht sich noch nicht, es rauscht nur vorsichtig in ihren Flügeln, ich gehe über eine Brücke, ich streife mit den Händen an den Knospen einer Hecke hin, und so müde ich auch bin, ich freue mich doch, wie grün alles schon geworden ist, ich sehe, wie ein Knecht in Holzschuhen aus einem Stall herausschlurft, den Eimer mit einer Stange in den Brunnen hinabläßt, ihn wieder hochzieht und im Stall verschwindet, ich wandere durch das versunkene Worpswede, durch lauter Sand und Stille. Die Häuser rauchen noch nicht, manchmal klirren drinnen Ketten, das Vieh rührt sich im Schlaf mit dumpfen Tritten, die Fenster sind verhangen, in den Gärten stehen alle Bäume gebückt und regungslos da. Nicht weit von der Backsteinkirche biegt der Weg empor, und so erreiche ich den Rücken des Weyerbergs.

An der Ostseite zieht sich ein Föhrenwald wie eine Mauer hin, aber es gibt allerlei Lücken in der Mauer, die Stürme und Wetterschläge gerissen haben. Dort wuchern nun Ginster und Heide. Ich bleibe in so einer Lücke stehen und sehe von da oben in die Unendlichkeit des Moores hinaus. Blaue und braune Streifen hintereinander, dunkle Baumgruppen hineingetupft, dazwischen weiß blinkendes Wasser, Wälder, alles noch verhüllt von Dämmerung und gegen den Horizont in tiefes Schwarz sich verlierend. Und das Schwarz steht ringsum als scharfer Schattenriß vor dem Himmel, der sich hell und kristallen aufhebt. Über dem gelben Horizont hat der Wind einen Hauch von durchsichtigen Federwölkchen hochgeblasen. Sie schweben so sanft und rosa im Licht.

Sechs Uhr. Schweigende Welt, Heide und Moor, nur der Tau sickert und tropft mit kleinen Lauten von den Bäumen.

Die Sonne will kommen.

Ihr Abglanz fliegt schon über die Ebene, über die braunen Flächen, rührt an die Wälder, fliegt weiter, streift die Biegung des Moorflusses, fliegt hierher und fällt lautlos in die Föhren ein. Ich bin todmüde, aber ich will doch hier stehenbleiben und warten, bis die Sonne herauf ist.

Und die Zeit vergeht.

Ich begreife nicht, wie es so schnell geschehen kann, die Federwölkchen haben sich plötzlich weithin ausgedehnt, sie schwingen sich wie ein Schleier aus der fernsten Ferne heran bis über die grün schimmernde Mitte des Himmels hinaus. Und das rosa Licht weht unten an ihnen entlang.

Währenddessen verdichtet sich das Gelb des Horizonts zu flüssigem Gold, das Gold wird rot, entzündet sich, glüht, dampft und dröhnt, und mit einem Mal stürzt ein stechender Glanz übers Moor. Da funkelt alle Nässe, Millionen Strahlen schießen hoch, zerbrechen und glitzern milliardenfach um mich her. Der Horizont birst, und gewaltig leuchtet die Sonne herauf.

Jetzt gibt es den Himmel nicht mehr, die Wölkchen nicht mehr, das Moor, den Weyerberg, die Föhren nicht mehr, es gibt nur noch blutrotes und grelles Licht durcheinan-

der. Alles ist Licht. Gleißendes, wütendes, her sich wälzendes Licht.
Licht... wahnwitziges Gold... Blendung...
Meine Augenlider zucken, ich weiß mir in diesem Rausch nicht zu helfen, ich dränge die Brust schräg vor, hebe meine Arme langsam über den Kopf und lasse mich, so lang wie ich bin, vornüber in die Feuersbrunst hineinfallen. Und im Niedersausen höre ich noch, daß sich neben mir eine Lerche verzückt emporwirft.

Der Brief an Bettina

Geschrieben ins Blaue hinein, geschrieben an dich! Buchstaben und Worte auf einem Papier. Ein Brief ohne Sinn und Verstand, nur daß ich... nur daß du weißt, wie alles war. Ich habe dich verraten, Bettina! Die See... ich... ach, Bettina, Bettina!
Nein, nicht an dich, nicht ins Blaue hinein! An mich! Sei ruhig, Bettina, an mich! Hier in den Dünen liegend, in Heide und grauen Halmen.
Der Sand rieselt über das Papier, meine Haare sind voll Sand, wenn ich mit der Zunge über meine Lippen fahre, so spüre ich auch da lauter Sand. Ein fernes Dröhnen steht in der Luft. Wo ist die See? Die See hat sich weit zurückgezogen. Eine braune Ebene von Schlick schimmert zwischen ihr und mir. Ganz dahinten, wo der Himmel noch dunstig ist, wälzt sie sich grau und silbrig durcheinander.
Laß mich noch etwas von der See schreiben! Sie dröhnt so fern, die See, o die See, die dunklen Wogenzüge von England her, die Gischtsäulen, die am Bug eines winzigen Kohlendampfers hochschießen, die ganze erbarmungslose Nordsee. Geschrieben an mich, geschrieben

in Wind und Sonne am siebzehnten März des Morgens gegen neun Uhr.
Eines Nachts in irgendeiner Herberge reiße ich vorsichtig mein Jackenfutter auf und hole diesen Brief heraus, den ich nun Tage und Jahre mit mir herumgetragen habe.
Pst, da ist ein Brief an dich gekommen, sage ich zu mir.
Laß mal sehen, antworte ich, danke!
Und dann schleiche ich in Hemd und Hose ans Fenster und versuche bei dem trüben Licht, das von einer Straßenlaterne heraufscheint, zu erkennen, was in dem Brief steht. Ringsum schnarchen die Kameraden, die Strohsäcke knistern, einer redet laut vor sich hin. Und ich lese: Geschrieben ins Blaue hinein, geschrieben an dich!...
Aber als ich den Namen Bettina lese, fange ich an zu lachen:
Bettina, ja, ja, das war vor Tagen und Jahren! Mein Gott, was habe ich mich damals angestellt!
So wird es sein. Gebe es dieser oder jener, daß es so sein wird, daß ich lachen kann, daß es einmal eine Zeit gibt, wo ich nicht mehr durch die Nase schnaufe und schwindlig werde, wenn ich dem Namen Bettina begegne!
Ach nein, es ist unmöglich, daß ich jemals über deinen Namen lache! Wo ich ihn sehe, will ich ihn küssen. Und wenn mir jemand ins Gesicht schlägt und dabei Bettina sagt, will ich beiseite gehen und nicht zurückschlagen. So ist es mit mir bestellt. Ich habe dich so lieb, kleine Bettina. Ich bin so groß und nicht richtig gewaschen und mit Bartstoppeln, und du bist so klein und blond und weißt nichts von alledem.
Vielleicht sitzt du in diesem Augenblick vor eurem Klavier. Die Sonne scheint durch die Gardinen, der Staub tanzt golden zur Erde, in einer Vase flimmern ein paar

Pfauenfedern, und du neigst dich vor und spielst all dies Lächeln, all diesen leichten Tanz, der in den Notenbüchern steht. Früher hatte ich eine Schwester, die machte manchmal in unserer guten Stube ein bißchen Musik, am Sonntagmorgen, ich muß gerade daran denken...

Aber vielleicht gleitest du erst aus dem Bett, jetzt erst um neun Uhr in deiner Vornehmheit. Du hast ein seidenes Hemd an, das bis auf die Erde geht, und so wehst du über den Fußboden ans Fenster und wieder zurück, und dann bleibst du vor der Waschschale stehen. Nun ziehst du die Schleife an deinem Halse auf, hebst die Arme und schüttelst die Seide ab...

Begreifst du, daß ich eben aufspringen und mich blindlings den Dünenhang hinunterfallen lassen mußte vor... vor... Nichts begreifst du, Bettina!

Meine Nase blutet.

Du weißt ja gar nicht, daß hier einer liegt und verrückt ist nach dir, nach deinem Gang, nach deiner Unschuld. Aber du kennst mich wohl! Das war auf dem Weyerberg vor fünf Tagen, erinnerst du dich? Erinnerst du dich an deinen Vogelhochzeitstanz? Der dunkle Kerl da, ich!

Seitdem wandere ich umher und liebe dich und küsse dich und küsse dich und liebe dich. Aber heute nacht habe ich dich betrogen. Die See brandete schwer über mich weg, jetzt hat sie mich wieder hergegeben. Die Nordsee... die... die... der Wind... die Nacht... Ilsebill... die See...

Sie sang: Kumm bi de Nacht,
kumm bi de Nacht,
segg, wo du he-est...

Sie hatte so blasses Haar. Deins ist blond, aber Ilsebills ist so blaß. Wir haben kein Wort miteinander gesprochen...

Es kann auch sein, daß du schon in eurem Garten spazierengehst und unter einem Mandelbäumchen anhältst. Und da sinken ein paar rosa Blütenblätter herunter, und eins bleibt an deinen Wimpern hängen. Und als du es wegzwinkerst, machst du deinen Mund so töricht auf. Wie deutlich ich dich vor mir sehe! Wie ich dich liebe, Bettina!

Teufelsmoor... Worpswede, wo die Maler wohnen... Weyerberg... Weyerberg...

Am Donnerstag in der Frühe stand ich frierend und zitternd auf dem Weyerberg und sah zu, wie die Sonne über dem Moore aufging. Du hast es wahrscheinlich schon öfter gesehen, aber ich fiel, als das ungeheure Licht am Horizont durch den Nebel heraufdampfte, vor Ergriffenheit vornüber und blieb eine ganze Weile unbeweglich im Tau und Heidekraut liegen. Über mir warf sich trillernd eine Lerche in den Äther, sie trillerte und dudelte, und je leiser ihr Gedudel wurde, um so weniger mochte ich mich rühren. Ich war ganz erschöpft, ich hatte auch in der letzten Nacht wenig geschlafen. Nun verlor ich mich in lauter Schläfrigkeit.

Als ich wieder aufwachte und den Kopf aus der Heide hob, warst du ganz dicht neben mir. Noch sahst du mich nicht. Du summtest ein Liedchen vor dich hin, rupftest einen Grashalm ab und wußtest nicht recht, was du treiben solltest.

Jetzt hast du keinen Zweifel mehr, wer ich bin, nicht wahr? Ja, der bin ich also leider! Aber sei gerecht, kleine Bettina, ich habe dir doch nichts getan! Du erinnerst dich doch noch an alles! Habe ich dich etwa angerührt? Siehst du wohl! Und wenn du diesen Brief bis zu Ende gelesen hast, verstehst du vielleicht auch, wie es gekommen ist, daß ich... Ach Bettina, das Schlimmste hat sich ja nicht auf dem Weyerberg ereignet, da liebte ich dich doch nur, aber heute nacht hat sich Ilsebill zu mir geschlichen, und ich habe sie geküßt und gepackt. Herrgott, verflucht,

verflucht, verflucht noch einmal! Sie roch nach Meerwasser, ihr Haar und ihre Haut.
Ich will noch nichts von ihr schreiben. Noch nicht! Ich bin ja noch bei dir! Ich lag in den Heidebüschen, und du sahst mich nicht. Du schlendertest ein Stückchen weiter bis unter die Föhren da am Berghang. Und dann fingst du auf dem glatten Nadelboden an zu tanzen, als müßte das so sein. Erst hobst du die nackten Arme ein wenig auf, deine Hände schwangen lose in den Gelenken, und dann drehtest du dich und tanztest. Du feiertest da ein kleines Fest für dich allein. Die Sonne ließ die Feuchtigkeit an den Föhrenstämmen glitzern, die Zweige tropften, und du sangst: Vidi-ral-la la-la laaa.
Kein Mensch weit und breit. In der Ferne das Moor, grün, naß und dampfend. Ich dachte, ob du wohl aus Worpswede seist, ein Malerkind vielleicht, oder ob du dem Schulmeister gehörtest, und wie du schon so frühmorgens deiner Mutter entwischen konntest. Wie du auch heißen magst, damals glaubte ich, daß du Bettina genannt werden müßtest, du mit deinem schmächtigen Körper, mit deinem hellblauen Röckchen, mit deinem kurzen Haar, mit deinem schwebenden Tanz, mit deinen dreizehn Jahren. Und heute glaube ich es auch noch, und nun heißt du für Zeit und Ewigkeit Bettina.
Hiermit frage ich dich, Bettina, kannst du dir ausmalen, was so ein Pennbruder, so ein Kollex, so ein Hund, der sich irgendwo losgerissen hat und mit gierigen Zähnen durch die Felder trabt, was so einer in seinem Herzen fühlt, wenn ein Mädchen dort vor seinen Augen die Arme hebt und tanzt? Ich frage dich nicht, kleine Bettina, was weißt du denn von Männern und losgerissenen Hunden!
Du machtest dich ganz klein und hüpftest langsam im Kreise herum. Dabei preßtest du die Arme an deinen

Körper und bewegtest die Hände wie zwei Flügelchen auf und nieder.

Ein Vöglein wollte Hochzeit machen
In dem grünen Walde.

Und dann nicktest du im Takt mit dem Kopf:

Vidi-rallala vidi-rallala
Vidi-ral-la lal-la laaa.

Wenn du dir zu alledem noch überlegst, daß ringsum in dem Erdreich und Gesträuch der Frühling herrschte und in mir auch... Ich wollte... ich spähte über das Heidekraut und war ganz besinnungslos vor Verlangen nach dir, ich wollte das Vögelchen, das da so singend durch den Wald hüpfte, fangen und halten. Das wäre nun etwas für mich gewesen! Vielleicht hätte ich dich nur gestreichelt, vielleicht hätte ich dir aber auch etwas getan. Aber davon verstehst du noch nichts. Ich kann hier niederschreiben, was ich will, du verstehst es ja doch nicht, und deshalb will ich dir geradezu die Wahrheit sagen: Ich hätte dir bestimmt, wenn du nur erst in meinen Händen gewesen wärest, etwas angetan! Ich bin ein Mann, siehst du, neunundzwanzig Jahre alt, und ich habe in diesem Frühjahr noch niemanden gehabt. Da wird man ein Halunke. Und wenn ich dann eines Morgens ein Mädchen mit leise sich zeigenden Brüsten und feinen Armen allein unter den Föhren treffe, dann erhebt sich etwas Grausames in mir, eine grausame Liebe mit Schande und allen Schmerzen. Zieh die Stirn nicht kraus, kleine Bettina, du verstehst es doch nicht! Wirf diesen Brief in den Aschenkasten, hüpf wieder in den Wald hinaus, sing und tanz!

Wie du da so mutterseelenallein im Walde Hochzeit spieltest, hätte ich mich am liebsten vor dir verneigt, so unschuldig und lieblich warst du. Und wenn sich ein anderer Kerl an dich herangemacht hätte, wäre ich ihm nur so an die Kehle gesprungen. Aber da erwachte in mir das Gelüst, es selbst zu tun, so eine blinde Lust, alles Schöne kaputt zu machen, wie ein Tier über dich herzufallen, nur damit ich nachher zusammenstürzen und mich mit der Faust ins Gesicht schlagen und über mich heulen könnte. Nein, nicht deshalb, nein, nein, ich wollte einfach ein Tier sein, weiter nichts! Meist bin ich ein Mensch. Aber manchmal möchte ich ein Tier sein.

Mein Gott, du gingst unterdessen so fromm auf den Zehen zwischen zwei Stämmen hindurch und hattest deine rechte Hand erhoben, als leiteten deine Finger behutsam jemanden hinter dir her, und sangst:

Die Lerche, die Lerche
Die führt die Braut zur Ke-erche...

Und dann standest du mit gesenkten Augen unter den Zweigen und ließt die Arme hängen und machtest deine Stimme ganz hoch und dünn:

Die Meise, die Meise
Die sang das Kyrie lei-eise...

Da ertrug ich Lust und Qual nicht mehr und brach auf, um dich zu fangen. Aber ich kam nur langsam hoch, weil meine Glieder von der Kälte und Nässe ganz steif geworden waren. Du mußt einen tüchtigen Schreck gekriegt haben, als sich da plötzlich so ein dunkler Kerl vor dir aus dem Heidekraut aufrichtete. Aber du schriest nicht, du erstarrtest einen Augenblick, dann ranntest du weg, so schnell du konntest, schweigend. Ich hinter dir her. Es ging bergunter, den Weyerberg hinunter durch die Föhrenwaldung. Da fielst du hin. Aber in deiner Angst hastetest du noch ein Stück auf allen vieren weiter. Dann gabst du es auf und bliebst, wo du gerade warst, auf den Knien liegen, ducktest den Kopf in die Hände und wartetest und bebtest, was nun über dich kommen wollte.

Ich glaube, ich weiß jetzt, wie einem zumute ist, wenn man so in Todesangst kniet und wartet und wartet. Gestern wußte ich es noch nicht, aber heute weiß ich es.

Still, Bettina, du sollst alles noch erfahren, still, ich habe doch... ja, ich auch!
Aber erst möchte ich dich fragen, ob du dich wohl gewundert hast, daß ich mit einem Mal verschwunden war. Ja, siehst du, als ich dich so knien sah, dich Häufchen Unglück unter den Föhren, als ich deinen gebogenen Hals sah, da... da... schämte ich mich wohl vor dir. Nur vor dir. Nicht etwa vor... vor... da oben oder vor den Menschen. Auch nicht vor mir. Du machst dir ja keine Vorstellung, wie schamlos ich vor mir selbst bin! Auch nicht aus Anstand. Das kenne ich nicht mehr. Aber vor dir schämte ich mich, vor deiner Schmächtigkeit und vor deinem winzigen Gesang. Und da bewegte ich mich vorsichtig rückwärts. Du kannst es aufnehmen, wie du willst, Bettina, aber es war doch Liebe. Ich liebte dich ja so sehr, ich sehnte mich ja so nach dir, und deshalb zog ich mich Schritt für Schritt zurück! Immer weiter den Berg hinauf, ich stieß mit dem Rücken gegen einen Föhrenstamm, ich stolperte über einen Wurzelstock, ich starrte dich immerzu an, leb wohl, ade, ade, ich... so, nun war ich endlich oben. Und da bekam ich es mit der Angst, du möchtest aufblicken und mich hier in meiner Jämmerlichkeit sehen. Da duckte ich mich lieber ins Heidekraut und kroch weg. Und als ich in Sicherheit war, stand ich schnell auf und lief mit meinen langen Beinen über den ganzen Weyerberg und auf der anderen Seite wieder hinunter. Dann machte ich einen großen Bogen um Worpswede und schlug mich ins Moor. Den nächsten Tag war ich schon in Gnarrenburg. Und dann zog ich weiter, bis ich bei Weddewarden an den Deich kam. Ich kletterte hinauf und sah die Nordsee.
Liebe Bettina, ich schreibe und schreibe, und mein Brief nimmt gar kein Ende. Bei mir in den Dünen ist es schon beinah Mittag geworden. Die Lerchen, die hier wohnen, steigen zu Hunderten in der Luft auf und nieder. Ihr Lied

steht wie ein einziger bebender Ton in der Bläue. Da hängt auch eine Möwe im Wind und schreit kriii kliii. Vorhin habe ich einen Reiher gesehen. Der Wind wettert um mich her und läßt die Möwenfeder an meiner Mütze tief aufsummen. Die Mütze hat mir ein Bauer in Gnarrenburg geschenkt. Ich kann nun wieder dem einen und anderen guten Tag sagen, ich kann sie auch bescheiden abnehmen, wenn ich in ein Haus trete und um ein bißchen Essen bitte. Die Feder habe ich heute morgen aufgelesen. Sie ist grau mit einem weißen Hauch darüber. Ich finde sie wunderschön. Wenn du sie leiden magst, will ich sie dir gern schenken. Ich will diesen Brief damit verschließen. Und da draußen rauscht die See ohne Unterlaß. Das Wasser ist bis dicht an die Dünen aufgelaufen. Wir haben um diese Stunde Flut.

Aber das hilft alles nichts, ich muß dir nun mitteilen, wie ich dich verraten habe. Du hast sicher schon längst gemerkt, daß ich immerzu darum herumrede. Aber es soll auf diesem Papier stehen, damit ich besser leben kann. Oder soll ich nach Worpswede zurückwandern und mich dir zu Füßen werfen mit meiner Beichte? Wenn du auch klein bist und erst dreizehn Jahre alt, du kleine Tänzerin, so könnte ich doch mit meinen Landstreicherhänden an dir herunterstreicheln und mich verneigen mit weggewandtem Gesicht und vor dir am Boden liegen. Wollte ich dir neulich was antun? Vergiß es, bitte vergiß es! Ich weiß es auch nicht mehr! Manchmal habe ich so ein klägliches Verlangen nach Unschuld und Glück und herzlichem Lachen aus Kindermund, nach einem Mädchen, das singt und töricht ist und blaue Augen hat. Nach dir, Bettina, nach dir! Wie wundersam, daß es unschuldige Kinder gibt auf dieser Welt! Dank, daß du lebst, daß ich dich gesehen habe! Ein Landstreicher ist voller Dank und Demut! Dank an den Himmel dahin und dorthin!

Hör zu!

Der Wind kam von hinten, ich trieb auf dem Deich hin nach Norden. Wremer Tief... Solthören... Dorumer Tief... vorbei an dem Leuchtturm, vorbei an der Schleuse, weiter... Rechts lag das Land Wursten mit den verwitterten Wiesen, den schiefgewachsenen Bäumen, den düsteren Strohdächern und mit dem fahlen Schilf neben den Gräben, links tat sich mit allmächtigem Schwung das Vorland auf, das Watt, die graue See. Bist du schon einmal auf dem Deich gewandert? Oh, ich sage dir, das ist eine Herrlichkeit von Anfang bis zu Ende! Ich langweilte mich nicht, ich hatte auch genug zu bedenken. Woran dachte ich wohl? Wenn ich stehenblieb und landeinwärts sah, brummelte ich was vor mich hin. Was brummelte ich wohl?

... die... sang das Kyrie lei-se...

So verging der Nachmittag. Ganz in der Ferne zeigten sich Dünen und blaue Wälder, in die der Deich einmündete. Dort wollte ich zur Nacht bleiben.

Vorher ruhte ich mich noch einmal auf einem von diesen Gattern aus, die die Deichweiden voneinander trennen. Sie laufen hierzulande quer über den Deich weg, oben ist ein enger Durchlaß. Da hockte ich nun in der Dämmerung.

Sie mußte schon eine ganze Weile hinter mir hergegangen sein. Aber ich bemerkte sie erst, als ich zufällig den Deichweg zurückblickte. Da war sie bereits ganz nahe. Sie hatte einen grauen Mantel an, ihr Haar wehte voraus, nicht viel, der Wind war schon ziemlich eingeschlafen. Und als sie so langsam daherkam, hochgewachsen, die Hände in den Manteltaschen, den Blick geradeaus, da fühlte ich gleich, daß sie nicht wie irgendein Frauenzimmer vorbeigehen würde, sondern daß sich zwischen uns beiden etwas ereignen müßte, vielleicht. Es war schon was über uns beschlossen, oder wie ich das nennen soll. Ja, ganz bestimmt. Manchmal fühle ich das im voraus.

Ich blieb auf dem Gatter sitzen und sagte nur: Guten Abend!
Sie antwortete, ohne mich anzusehen, kurz und gut dasselbe.
Ihr Haar nahm sich fast weiß aus, so hell war das Blond. Auch ihr Gesicht mit dem vorgebogenen Kinn war hell bis auf die dunkleren Brauen. Du darfst nicht glauben, Bettina, daß sie sich schlecht betragen hätte! Ganz und gar nicht! Sie machte, daß ich dich vergaß, ja, ja... aber sie war ein Weib in all dieser Weite, und ich war ein Landstreicher vor Gott und den Menschen, nicht wahr, und du stelltest nur ein Vögelchen dar mit Flügeln und Tirili. Und wenn sie in diesem Augenblick ein bißchen böse aussah, so kam das nur daher, weil sie die Brauen zusammengezogen hatte und den Blick geradeaus gerichtet hielt. Sie war nicht böse. Ich schäme mich vor dir, ich schreibe alles auf, aber sie war nicht böse, sie war nicht böse!
Als sie sich durch das Türchen drängte, streifte ihr Arm mein Knie. Da fing es schon an! Mein Blut überschwemmte mein Herz, es war, als müßte ich stöhnen. Aber ich rührte mich nicht. Ihr Mantel roch nach Fischen, aber in diesen Geruch mischte sich dieser merkwürdige Duft, der im Frühling von den Armen und Brüsten der Mädchen aufsteigt, wenn sie sich einem Mann nähern. Und als der Duft mich traf, strömte eine zweite schmerzliche Welle über mein Herz. Das ist immer wie Schicksal und Tod. Ich kann doch nichts dafür, Bettina! Es gibt Männer und Mädchen unter dem Himmel, daher kommt es.
Die Blonde ging ruhig weiter auf Spiekaer Neufeld zu, das dahinten mit seinen paar Häusern hinter dem Deich lag. Ein großes, junges Weib von der See in seinem Duft. Sie schüttelte den Kopf und strich die verwehten Haare zurück.
Was brauchte ich unter diesen Umständen noch länger

auf dem Gatter zu hocken? Dich hatte ich Bettina genannt, dieser Blonden gab ich den Namen Ilsebill. Ich schlich hinter ihr her und nannte sie Ilsebill.
Beim letzten Haus sprang sie zurückgelehnt mit ein paar Schritten den Deich hinunter und verschwand in der Tür. Ich guckte mir im Vorbeiwandern das Haus genau an. Es schien eine Gastwirtschaft zu sein.
Jetzt hätte ich ein Liedchen pfeifen und blindlings drauflosmarschieren sollen. Ja wahrhaftig, dann brauchte ich diesen Brief nicht zu schreiben! Aber ich blieb stehen und horchte, während ich auf die See hinausstarrte, nach hinten, ob da nicht wer käme. Niemand kam, doch... eine Tür schlug... niemand kam, Bettina. Gerade wollte ich weitergehen, da hörte ich, daß ein Fenster aufgestoßen wurde. Und als ich mich vorsichtig umsah, entdeckte ich Ilsebill an einem Seitenfenster, wo sie ihren Mantel heraushielt und allerlei Fusseln abzulesen schien. Ich konnte es nicht recht erkennen. Ich konnte auch das Lied, das sie in den summenden Abend sang, nicht verstehen. Sie sang es so leise mit sinkender Stimme. Dann schwieg sie. Und als ich noch horchte, ob das Lied wohl zu Ende sei, erhob sich in mir ganz dünn und hoch ein anderes Stimmchen, es klang so fern und undeutlich, es klang wie:

... in dem grünen Wa-halde...

Ich erschrak ein wenig und ging weiter. Aber je weiter ich kam, um so zögernder wurde mein Schritt, zuletzt drehte ich mich um und ging wieder zurück.
Ilsebill war verschwunden. Doch aus der dunklen Kammer tönte es leise heraus:

Vater slöpt, Moder slöpt,
Ick slaap alle-en...

Aber in meiner Brust antwortete das zarte und ferne Echo wie:

... vidi-ral-la lal-la laaa...

Nein, nein! sagte ich und ging zum zweiten Male weiter. Nach hundert Schritten hielt ich an, weil ich plötzlich so einen grausamen Durst verspürte, daß ich doch lieber, da ich so eine lange Nacht vor mir hatte, umkehren und zusehen wollte, ob ich hier nicht ein Glas Bier kriegen könnte. Auf dem schiefen Schild über der Haustür stand geschrieben: Handlung und Gastwirtschaft von Fedden. Erst trat ich in den Laden, der nach Soda, Kautabak und Seife roch, dann rechter Hand in die Gaststube. Eine alte Frau brachte mir ein Glas Bier.

Zum Wohle!

Wo war nun mein Durst geblieben? Lach nicht, Bettina! Um alles in der Welt, ich bitte dich, lach nicht über mich! Ich mochte kein Bier. Es dauerte nicht lange, da kam Ilsebill von hinten mit einem Wasserkrug herein. Sie begoß die Pflanzen und Blumen, die auf der Nähmaschine in der Ecke aufgebaut waren, eine Kalla, zwei Zigarrenkisten mit Kresse und einige Töpfe mit Fleißigem Lieschen. Ich saß schweigend auf der Bank. Sie sang mit geschlossenem Munde dieselbe Melodie wie vorhin.

Die alte Frau sah ihr zu und fragte: So, so... Wat hett Hinrich denn eegentlich seggt?

Das Mädchen antwortete nur: Tjo, jo.

Wat schall dat, tjo, jo?

Da summte das Mädchen wieder:

Vater meent, Moder meent,
dat deit... de... Wind...

Deern!

Do is nix mehr in'n Weg. Sonndag schall de Paster us in de Kark upbeen.

So is dat wull.

Ich klirrte mit meinen Groschen auf dem Tische.

Twintig Pennig, sagte die Alte.

So, zwanzig Pfennige. 'n Abend!

Jo, denn 'n Obend ok!

Ilsebill blieb stumm.
Draußen atmete ich tief auf. Ich war froh, daß ich weggefunden hatte. Nächsten Sonntag wurde sie in der Kirche aufgeboten. Da galt all das Gesinge wohl gar nicht mir? Doch, Bettina, ihr Arm hatte mein Knie gestreift, das hatte schon genügt, es galt mir, du verstehst dich nicht darauf, aber es galt mir, das wußte ich gut, und wenn ich jetzt machte, daß ich weiterkam, wenn ich von Zeit zu Zeit stehenblieb und die geballten Fäuste gegeneinanderschlug, so galt das ihr. Wir waren uns nicht umsonst begegnet.
Nach einer halben Stunde Weg bog der Deich zur Seite und verlor sich. Bleiche Dünen tauchten aus der Nacht auf, landeinwärts wucherte Heide, dahinter dunkelte ein Föhrenwald. Hier war gut sein.
Ich kletterte auf die höchste Düne und sah mich um. Ebbe. Vor mir lag eine grenzenlose Öde. So muß die Erde gewesen sein, als sie noch wüst und leer war, die eben geborene Welt, die Urwelt. Nichts als schwarzer, nasser Schlick, auf dem der Widerschein des Nachthimmels ruhte. Kein Leben, kein Wechsel, kein Auf und Nieder. Nur dumpfe Unendlichkeit und ein wenig blindes Licht. Und aus der Unendlichkeit zog das Brausen der See herüber, traurig und ewig... traurig und ewig... die Urwelt...
Um diese Jahreszeit ist die Erde noch kalt. Darum holte ich mir aus dem Walde eine Last Föhrenzweige und machte mir in einer Dünenmulde ein Bett. Dann zündete ich ein Feuerchen an und briet mir ein paar Kartoffeln in der Asche. Ich hatte auch Salz und Brot bei mir. Davon kann man satt werden. Als ich genug hatte, legte ich mich auf den Rücken. Das Feuer verglühte. Es gab nicht viele Sterne am Himmel zu sehen. Die Wega kam gerade im Nordwesten verschleiert über die Düne herauf, der Sirius war schon untergegangen. Aber die Krone funkel-

te so schön, die Kassiopeia auch, die Zwillinge auch, und der Polarstern stand ewig an derselben Stelle. Lauter Spielsachen für einen Wanderer unter dem Himmel.

Und ich dachte mir wieder allerlei Märchen von den Sternbildern aus in meiner Unruhe und Sehnsucht. Oder meinst du, Bettina, es wäre in dieser Nacht gar kein Verlangen in mir gewesen, zurückzuschleichen und in Ilsebills Kammer zu dringen? Meinst du, ich hätte einschlafen können? Ich sann zu den Sternbildern hinauf. Sie wanderten über den Himmel.

Es waren einmal auf der Insel Island zwei rauhe Zwillingsbrüder, zwei Bärenjäger, diese beiden Sterne da. Die hörten eines Tages von einem Königskind auf dem Weyerberg, das eine Krone aus sechs Sternen trüge mit dem Stern Gemma in der Mitte. Und wer ihr den Stern Sirius für ihr linkes Ohrkettchen brächte, der würde in ihren goldenen Garten eingelassen und dürfte zusehen, wie sie da den Vogelhochzeitstanz spielte. Aber wer ihr den Polarstern für ihr rechtes Ohrkettchen brächte, der dürfte sie auf den Mund küssen, und sie müßte stillhalten, solange er es wollte. Da stellte der eine Bruder seine Falle auf und fing einen ungeheuren Bären. Auf dem ritt er über die verschneite Erde...

Zuweilen ließ die heiße Luft, die von der glühenden Asche meines Feuers herüberwehte, die Sternentiere und glitzernden Menschen da oben verschwanken. Dann schloß ich die Augen und träumte das Märchen für mich zu Ende, wie der Jäger auf seinem Bären wahrhaftig am Himmel hinaufritt, um den Stern Sirius zu holen, und wie die kleine Bettina ängstlich emporsah, ob es ihm gelänge, und wie ihr die Krone vom Kopf fiel und alles das. So lebte ich wohl zwei Stunden lang und war dir treu. Dir, nur dir, meine Bettina!

Mit einem Mal fuhr ich hoch. Mein Herz schlug. Ich war auf der Stelle wach. Still mal, es kommt wer durch die

Nacht! Ich kletterte die Düne hinauf, da bewegte sich eine dunkle Gestalt langsam von der See her auf mich zu. Jetzt sank sie in ein Dünental hinab, jetzt glitt sie wieder hinauf, groß und dunkel sich abzeichnend gegen den Himmel, jetzt war sie schon auf der gegenüberliegenden Düne, jetzt ging sie herunter... Ilsebill. Mit dem Dröhnen der See um sich her. Sie selbst! Ich war so erschrokken, daß ich nicht wußte, was ich denn tun sollte. Sie kam so unheimlich daher, es war, als ob sich eine Welle aus der Nordsee höbe und heranwogte.
Nein, nicht, nicht! Ich will nicht! Aber als ich zurückwich, brach ich in die Knie und senkte mich vornüber, ich hielt die Hände überm Kopf gefaltet, ich hatte das Kinn auf meine zuckende Brust gepreßt, ich wartete und wartete. Vielleicht war, wenn ich wieder aufblickte, alles verschwunden. Aber ich wagte nicht, meine Hände zu lösen.
So, Bettina, so an die Erde geduckt, wartete ich, so hielt ich den Atem an. Ich dachte: was will sie denn? Ich dachte: wann habe ich doch das schon einmal erlebt? Ich sah dich verschwommen vor mir, wie du unter den Föhren knietest, ich wußte aber nicht genau, wer ich denn eigentlich war. Da schwebte dieser Geruch von vorhin wieder um mich her. Sie stand hinter mir, und ich lag dort vornübergebeugt auf den Knien. Keiner rührte sich. Sie war aus dem Meere aufgetaucht, sie roch nach Fischen, eine hohe, erbarmungslose Woge. Früher konnte ich nicht begreifen, daß die Wogen imstande sein sollten, Uferdämme zu zerschlagen, Steinquadern auseinanderzureißen, Eisenbalken zu zerfetzen, die Wogen, die nur aus weichem, fließendem Wasser gebildet sind. Aber sie sind ja zu alledem imstande. Frag nicht, wie es möglich ist, daß ein Weib, das doch nur über schaukelnde Brüste verfügt und wenig Kraft, einen Mann von meiner Art so ganz zu Boden zwingt. Ich habe mich schon mit Kerlen

herumgehauen, die so gewalttätig waren, daß wir uns vor Blut nicht mehr erkennen konnten. Da gab es kein Wanken. Aber ein Weib ist nur mit den zarten Umrissen seiner Arme stärker als hundert Männer mit ihrer vollständigen eisernen Kraft. Gestern nacht kam Ilsebill zu mir und ließ mich alles vergessen und verraten, Glück, Unschuld, Gebet, Sterne, dich, dich... dich!
Ich fühlte, wie sie sich neben mich setzte, ich fühlte ihre Wärme. Nach einer Weile ließ ich die Hände sinken, dann richtete ich mich langsam auf und sah sie an. Ich lag auf den Knien und sah sie keuchend an. Sie starrte geradeaus. Da faßte ich zitternd nach ihr. Sie fiel wie willenlos gegen mich. Ich wühlte meinen Mund auf ihre Lippen. Sie biß sich fest.
Und da haben wir die Nacht zusammen in der Dünenmulde gehaust. Du bist eben ein kleines Vögelchen, Bettina, aber es war keine Liebe, es war keine Seligkeit, es war Wahnsinn und Qual, dunkel, ohne Glück, berauschend und entsetzlich süß. Die Föhrenzweige rochen so stark. Wir wälzten uns unter den Sternen im Geruch der Föhrenzweige und unserer Leiber. Einmal verbrannte ich meinen Ellbogen in der glühenden Asche neben mir.
Gegen Morgen stemmte sie ihren Oberkörper von der Erde hoch, legte den Kopf zurück und röhrte einen wunden Schrei aus ihrer Lunge herauf. Ihre Brüste hingen über mir. Sonst kam die ganze Nacht hindurch kein Laut über ihre Lippen.
An wen habe ich diesen Brief geschrieben?
An dich! Dich liebe ich, Bettina, Bettina, Bettina, dich!
Nachher reiße ich diesen Brief in tausend Stücke.
An dich, Bettina, an dich!

Ein wenig Musik

Nicht, als ob ich es nötig hätte, ach was, aber ich pfeife manchmal auf zwei Fingern. Mein Kamerad Friedel und ich, wir treiben Musik. Ich pfeife auf zwei Fingern, und er bläst auf seiner Mundharmonika. Wir musizieren durch den März.

Seit wann haben wir uns zusammengetan? Seit sechs Tagen. Und das kam folgendermaßen:

Hoch über Hamburg ragt der Turm von Sankt Michel auf. Er schiebt sich grün und schimmernd bis in die Wolken hinein. Man kann ihn besteigen. Innen führt nämlich eine Treppe an den brandgeschwärzten und halbgeschmolzenen Mauern empor. Ich habe gehört, der Turm sei einmal abgebrannt und einmal vom Blitz zerschmettert. Aber die unteren Mauern sind immer stehengeblieben. Wenn man freilich höher hinaufdringt, so ist da alles aus Eisen und Zement. Ich kletterte also an den unmenschlich großen Uhren vorbei, ich hörte den Sturm draußen immer wütender heulen, ich ließ auch die Glokken unter mir, die da regungslos an eisernen Gerüsten hingen, ich wagte mich höher und höher hinauf und trat schließlich durch ein Türchen auf die kupferbeschlagene Plattform.

Da stand ich nun in den sonnigen, brausenden, blauen Luftmassen, die fortwährend wie Brandungswellen über mich hin dröhnten. Ich klammerte mich an einer Säule fest und neigte mich über die Brüstung.

Großer Gott im Himmel, was für eine Welt!

Die Elbe aus grüner Ferne herkommend, die graue Stadt mit Geblinke durchdringend und breit sich auflösend in silbrigem Dunst! Die Häuserblocks! Die Straßenschächte! Die bunten Höfe! Nahebei qualmte der Hafen. Das Wasser hüpfte, kleine Schlepper nahmen mit zappelnder Schraube ihren Weg, Welle warf sich gegen Welle, gischtete schneeweiß hoch und versank, die Werften schmetterten aus Rauch und Dunkelheit ein verworrenes Getöse herauf, das der Sturm zerriß, Kräne drehten sich, Ladegeschirre schwankten, Menschen krochen übereinander, Eisenbahnen, Masten, Schornsteine, Gedampf, Gemurmel, Gebrüll. Und langsam drängte sich ein Ozeandampfer mitten hindurch. Von Zeit zu Zeit brüllte er, seinen Schornstein mit einer weißen Wolke umzischend, wahnwitzig auf. Niemand durfte ihn stören, er war hier der Herr.

Und in all das Getriebe hinein stürzte das Licht aus den Wolkenschächten, wilde Sonnenbahnen, die jetzt den Strom zu rasendem Glanz, jetzt den Qualm zu violettem Geleucht, jetzt die Häuser und Dächer zu grellen Farben entzündeten. Dann fegte der Sturm alles weg und preßte einen Regenschauer auf den Hafen nieder. Aber die Sonne warf neue Lichtfetzen dazwischen, sie fuhren hier am Turm vorbei und pflügten den Qualm auf, das Wasser blitzte wieder, die Schiffe strahlten wieder, und vom Horizont her flog eine goldene Lichtwelle herbei. Da... da... nun war der Äther nichts als wehendes Gold und Klarheit. Ein Sperber, oder was es nun sein mochte, schwamm darin herum. Ich blickte hinauf und hinunter, ich mußte mich am Geländer festhalten vor Sturm und Trunkenheit. Jetzt kopfüber hinab in diesen goldenen Wahnsinn! Fünf Sekunden lang die Lust des willenlosen Fliegers genießen! Junge, Junge! Was für Visionen einem da an Augen und Ohren sausend vorbeiperlen mußten!

Ich kann es mir jetzt nicht mehr so richtig vergegenwärtigen, und Friedel sagt auch, er wisse von so etwas nichts, aber ich fühlte damals, wie die Tiefe allmählich Gewalt über mich bekam, ich wehrte mich nicht. Man kann es nicht einfach Schwindel nennen. Wenn ich einmal in einer Zeitung lesen sollte, daß sich jemand von einem Kirchturm heruntergestürzt hat, ohne daß ein Mensch weiß warum, dann weiß ich es ganz gut. Als ich da noch so trunken über der Brüstung hing, hörte ich mit einem Mal Musik. Zuerst dachte ich weiter nicht darüber nach, sondern meinte, das müßte hier eben so sein. Aber mit der Zeit fand ich es doch sonderbar und horchte genauer hin, wo die Musik denn her käme. Schließlich raffte ich mich auf und ging um die Säulen herum auf die andere Seite des Turmes. Da stand ein junger Kerl mit wehenden Haaren, hatte die eine Hand in der Hosentasche und führte mit der anderen eine Mundharmonika zwischen seinen Lippen hin und her. Ich stellte mich neben ihn und hörte zu, und als er ein Lied spielte, das mir bekannt war, legte ich zwei Finger zusammen und pfiff die Melodie mit. Der Sturm donnerte um den Turm herum, wir lachten uns mit den Augen an. So wurden wir ein wenig befreundet.

Und nun wandern wir zusammen.

Er heißt Friedel. Wenn er spricht, stottert er manchmal. Früher hat er Lehrer werden wollen, aber es ist ihm nicht gelungen. Er kennt alles Gras und Kraut bei Namen und unterrichtet mich darin. Ich muß oft über seine Sprechweise lachen, er drückt sich komisch aus. Ich habe ein falsches Lo-lo-los aus des Schicksals Hand gezogen, sagt er.

Aber auf seiner Mundharmonika spielt er wie der heilige Trinitatus.

So sind wir heute nach Bremen gekommen und in der Herberge zur Heimat abgestiegen.

Wenn man sich in Bremen auf die Kaiserbrücke stellt und nach Norden blickt, dann haben sie da mitten in die Weser hinein einen Steindamm gebaut. Rechts sind allerlei Leichter und Tjalken daran festgebunden, links eine Badeanstalt. Wir entdecken den Steindamm und klettern gleich von der Brücke aus hinunter und spazieren darauf

hin und her. Das macht großen Spaß, einmal, weil es verboten ist, und dann auch, weil wir da so viel Lustiges erleben.
Vielleicht fängt einer der Angler, die da hocken, einen allmächtigen Fisch und freut sich, und alle kommen herbei und hören zu, als er das Abenteuer erzählt, und mit einem Mal ist der Fisch gestohlen. Oder eine Segeljolle legt an, und die Insassen sind grün vor Seekrankheit. Oder der Zylinder eines Konsuls weht von der Brücke ins Wasser. Oder an Deck eines Leichters schlägt eine Klappe hoch, ein Mann mit einer Bratpfanne, in der zwei Eier brutzeln, taucht herauf. Nun will er die Eier im Sonnenschein verspeisen, aber er verbrennt sich die Zunge. Der Schiffshund sitzt dabei und fängt an zu lachen. Bauz, da kriegt er einen Tritt, daß er über Bord geht.
Solche Schnacks erlebt man auf dem Damm. Er ist mit Gras bewachsen. Wer sich ein bißchen ausruhen will, liegt dort ganz gut. Klinkenputzer, arme Reisende, Jakobsbrüder, Schiffersknechte, Arbeitslose. Sie decken ihre Mützen übers Gesicht, schnuppern den Wind ein, der nach Teer und Badeanstalt riecht, rekeln sich... ah... und dann schlafen sie schon.
Aber eines Tages geschieht etwas anderes. Ein Wunder geschieht. Du mußt nicht gleich denken, daß eine gebratene Gans vom Himmel fiele oder ein Schutzmann daherkäme und freundlich wäre, ein viel netteres Wunder findet statt. Die Pennbrüder pennen, die Angler angeln, die Sonne sonnt, da liegen mit einem Mal zwei Kerls auf dem Damm, wir beiden sind es, mein Kamerad Friedel und ich. Wir liegen längelang da, jeder hat einen Pappkarton unter dem Kopf, Friedel hat seine Harmonika im Mund, ich meine zwei linken Finger.
Ein Getön erhebt sich, nicht gerade wie Engelsgesang hier im Wind und Lärm der Welt, aber es klingt doch empor, es hat eine Melodie, es ist Musik, es ist Kunst.

Die armen Reisenden schieben ihre Mützen vom Gesicht und gucken mit zusammengekniffenen Augen umher: Was ist denn hier los?

Gar nichts ist los. Hier sind nur zwei Kollegen angekommen, die sich etwas auf Kunst verstehen. Und nun liegen wir hier und blasen uns eins.

Wir sehen nicht so aus, als ob uns der Himmel mit Reichtum und Pracht gesegnet hätte, zugegeben, aber darum stellen wir uns doch nicht beiseite und weinen. Nein, keine Angst!

Was wir da spielen, kennt keine Menschenseele. Wir selbst kennen's nicht, es fällt uns nur so ein. Heute ist zum Beispiel Friedel eine kleine Melodie eingefallen, neun langsame Töne hintereinander, die bläst er nun auf seiner Harmonika. Erst ganz einfach, dann mit etwas Begleitung und dann sozusagen mit vollen Akkorden. Eine kleine, schwermütige Melodie. Und wie sie nun so dunkel dahinwogt, gefällt sie mir, und ich falle mit einem leisen Triller ein und lasse ein bißchen Geglitzer über das Dunkel hinschweben. So halten wir es nämlich immer, wenn wir es mit einem neuen Stückchen versuchen. Friedel erfindet die Wehmut, und ich steuere die süße Hoffnung bei. Wir klingen eine Weile nebeneinander her. Aber allmählich übernehme ich mit meinem Trillern die Führung. Die Harmonika hält sich mehr und mehr zurück und summt zuletzt nur noch so drunter hin. Ich werde schneller, ich treibe die Melodie in eine hohe und übermütige Region und lasse sie da oben hüpfen und kapriolen, daß es nur so eine Art hat, bis sich der gute Friedel schließlich über all das dumme Zeug, das ich mit seiner kleinen Melodie mache, ärgert und vorsichtig probiert, wie das Neue, das ihm inzwischen eingefallen ist, wohl klingen mag. Er fängt wieder so wehmütig und golden an. Da lasse ich die alte Melodie sacht einschlafen und horche, was Friedel da Schönes bläst, und passe auf,

ob sich für mich nicht bald eine Gelegenheit bietet, mein Instrument einzumischen.
So treiben wir es über eine halbe Stunde. Ringsum hört alles zu. Offene Mäuler, blöde glückliche Augen. Es ist eben ein Wunder. Und alles, was recht ist, wir haben die Sache auch tadellos heraus!
Schlepper gleiten auf dem Wasser vorbei, die Wellen klatschen am Damm entlang, über die Brücke braust der Strom des Verkehrs: Straßenbahnen, Autos, Rollwagen, Motorräder. Manchmal schlägt hell eine Turmuhr, manchmal tutet es, überall regt sich das Leben voller Nutzen und Zweck.
Aber wir haben nicht teil daran, wir sind ohne jeden Nutzen, wir sind freie Herren und haben unseren Pappkarton unterm Kopf. Augenblicklich haben wir eine Pause in unsere Darbietungen eingelegt. Nichts macht uns Kummer, auch der Hunger nicht... Doch, der Hunger tut uns weh, na ja, aber nur ein ganz kleines bißchen. Nichts, auch nicht, daß da oben auf der Brücke ein ehrwürdiger Herr sich seiner Frau gegenüber laut und furchtlos dahin ausspricht, diese Bettelmusikanten wären doch, bei Licht betrachtet, eine Schande vor Gott und der Welt, diese Taugenichtse!
Aber wir, von denen die Rede ist, denken: Ja, ja, Schande! Vor der Welt wohl und vor den Herren Konsuln, aber nicht vor Gott im Himmel und seinen hochseligen Heerscharen. Geehrter Freund, wenn es denen da oben in der Seligkeit nicht ein bißchen Freude machte, uns hier so liegen zu sehen, würden sie uns wohl nicht so freundlich mit Sonnenschein bedenken.

Sturm über den Heidewäldern

Den dreißigsten März. Mein Kamerad Friedel hat sich nach Holland aufgemacht, er will sich die Stadt Amsterdam einmal ansehen. Ich bin unterdessen in die Lüneburger Heide gegangen, in die großen Heidewälder, und habe hier meine Abenteuer mit Föhrenwipfeln und Wolken darüber, mit Spinnen, die auf Fäden durch die Luft fahren, mit Ameisen an Grashalmen, mit Licht und Schatten. Und wenn du sagst, das wäre alles Tand und Unwürdigkeit, so antworte ich dir, daß ich gerade um dieses Tandes und dieser Unwürdigkeit willen in die Wälder gekrochen bin. Und wenn du mir damit kommst, man dürfe so etwas nicht ein Abenteuer nennen, so bin ich der Ansicht, daß ich es halten kann, wie ich will, und daß es vielerlei Abenteuer gibt, Abenteuer mit meinen Händen zum Beispiel, Abenteuer mit... mit meiner Seele, Abenteuer mit meinen Nerven und mit Besinnungslosigkeit und Untergang obendrein. O vielerlei!

Es gibt auch die gedämpften Abenteuer, die ich liebe, die Feste, weißt du, die man allein feiern muß.

Natürlich sind Straßen und Pfade in den Heidewäldern, aber was soll ein Wanderer damit? Das erste, was ich unternehme, ist stets, daß ich mich linker Hand ins Dikkicht schlage und drauflosstolpere, bis ich nicht mehr weiß, wo ich bin. Dann gibt es einen Tag voller Überraschungen. Alles, was mir begegnet, ist unerwartet und neu, ich selbst bin neu. Ich bin ein Kind mit aufgerissenen Augen und ungeschickten Händen, ich lasse mich von allem und jedem überraschen.

Und das Neue, was sich mir da entgegenhebt, das Abenteuer... es ist die Gnade, es ist die Verlockung zum Leben. Ich spaziere doch nur um dieses Neuen willen noch ein wenig auf der Erde umher. Sonst... nun wohl! – Sturm über den Heidewäldern! Hurra! Wehendes Wasser

vom Himmel, die Wälder donnern, es will schon Nacht werden.
Vor allen Dingen habe ich die Hände in den Hosentaschen, ferner habe ich den Jackenkragen hochgeklappt und die Mütze über die Ohren gezogen. So dränge ich mich gemächlich durch die triefenden Fichten und Föhren. Es ist inzwischen so finster geworden, daß ich fortwährend auf den Wurzeln ausrutsche oder gegen einen Stamm renne.
Langsam! sage ich zu mir selbst. Aufgepaßt!
Oben in den Föhren saust der Nordwest, aber hier am Grunde spürt man ihn kaum. Die Fichten, die bald als schwarze Wände, bald als bleiche, flechtenüberhangene Gerippe dastehen, rühren sich nicht. Aber jedesmal, wenn da oben die Wipfel auseinandergerissen werden, stürzt eine eisige Nässe herunter. Dann schreit der Wald von oben bis unten wie ein Verrückter auf.
Die Bö rast weiter und verliert sich donnernd in der Ferne.
Als ich etwa zwei Stunden Schritt für Schritt vorgedrungen bin, mit Händen und Füßen tastend, die Schultern hochgeschoben, bald die eine, bald die andere Hüfte vorgedrückt, fange ich an, mich ein bißchen unbehaglich zu fühlen. Der Sturm nimmt wahrhaftig noch zu. Der Regen auch. Es ist eine Art Wolkenbruch. Das konnte ich vorher nicht wissen. Aber jetzt bin ich blind vor Nässe, mein Gesicht blutet, vielleicht habe ich auch Hunger. Wenn mich jetzt jemand fragen würde, ob ich naß wäre, so würde ich ihm antworten: Innen in meinem Bauche noch nicht. Aber ich weiß nicht, wie lange das noch dauert.
Mit der Zeit kommen auch, wie das bei Menschen, die hart geprüft werden, immer zu geschehen pflegt, niedrige Anfechtungen an mich. Ich friere und bibbere. Da flüstert eine Stimme aus meinem Hinterkopf heraus, was

das denn für ein Blödsinn sei, hier in Sumpf und Finsternis herumzuwaten. Nirgends könne man sich besser den Tod holen als in kalten Frühlingsnächten. Gesetzt den Fall, ich wohnte jetzt in einer Scheune zwischen Heu und Haberstroh und hörte den Regen aufs Dach prasseln und den Wind um die Ecke jaulen, möchte das nicht lieblich sein? Und übrigens, was ich mir denn von dieser Nacht verspräche, was für Abenteuer und Feste? Ich sähe doch nichts als Nacht, ich hörte doch nichts als Sturm, ich fühlte doch nichts als Nässe. Zu dem Zweck könnte ich mich auch in irgendein Regenfaß setzen, das wäre einfacher, und es bestünde überdies die Möglichkeit, hinauszuklettern, wenn ich von dem gedämpften Fest genug hätte.

Da sage ich laut: Halt deine Schnauze!

Und wenn mich jetzt noch einmal wer fragte, ob ich naß sei, würde ich ihm auch nur antworten: Halt deine Schnauze!

Es geht mir schlecht. Warum soll ich das verschweigen? Und das Schlimmste ist die Kälte. Nein, das Schlimmste ist das Wasser, das so kitzelig an meinem Bauch herunterfließt. Sei ruhig, das Schlimmste ist ganz einfach der Hunger.

Ich bleibe unter einer dicken Föhre stehen. So, jetzt bleibe ich hier stehen, bis es Morgen wird! Was ich mir da eingebrockt habe, muß ich auch ausessen, aushungern in Satans und aller Pest verfluchtem Namen. Und ich lehne mich an die Föhre. Meine Nase läuft. Ich schnüffele ein paarmal, dann lasse ich sie in Gottes Namen laufen. Nicht mehr denken, nur zuweilen fluchen, so richtig ohne Sinn und Verstand, verfluchter Drehzwiebelkanonenmist! Ganz in Stumpfsinn und Gefluche gehüllt im Walde stehen und verfaulen! Ach verflucht, verflucht! Ich erfinde unanständige Worte, ich hänge die Zunge heraus und blecke die Zähne. Ich spucke in den Regen. Aber allmählich werden meine Beine taub, und ich sacke zusammen. Suuuh, macht der Sturm. Es ist ja ziemlich gleichgültig, ob ich stehe oder liege. Was ist das hier? Ein Wurzelknollen. Ich lasse die Beine wegsacken und falle mit meinen Hinterbacken auf einen Wurzelknollen. So, hier will ich nun sterben, naß, dreckig, krumm. Mag es auslaufen, wie es will, ich... ich... verfluchte Rotzgranatenkanaille! Suuuh... naß... müde... ich schlafe nicht, ich wache nicht... ich hocke nur da und spiele nicht mehr mit... Nachher will ich das Moos abweiden, aber jetzt...

Suiih...!

Vielleicht habe ich etwas geschlafen, vielleicht bin ich in Ohnmacht gesunken, mit einem Wort, als ich zufällig einmal die Augen ein bißchen aufmache, fliegt eine leichte Dämmerung durch den Wald, eben noch eine Dämmerung, nur ein Schimmer, nun ein bläuliches Licht, nun ein Geriesel von Bläue und Silber die schwankenden Föhrenstämme hinab. Ich reiße meine Augen groß auf: der Wald ist hell, es regnet nicht mehr. Ich blicke verwundert empor. Der Mond.

Der Sturm hat einen Spalt in die Wolken gerissen, und nun leuchtet einen Augenblick das klarste Licht über die Heidewälder. Es leuchtet auch zu mir herab, es strömt über die Stämme und Flechten, zwischen denen ich liege. Und jetzt, als die brausenden Luftmassen wieder in den Wipfeln wühlen, schießt es mit den abgeschüttelten Tropfen kreuz und quer durcheinander.

Ich kann gar nicht so schnell gucken, wie sich das alles vor meinen Augen ereignet. Am Grunde des Waldes zucken Glanzwirbel hin, ein Schattenfetzen fährt wie ein Tuch herunter und verweht, jetzt schwimmt ein blasser Rauch, eine Wolke von Licht, schräg durch das Nadelgitter und löscht aus, jetzt ist viel mehr in der Höhe alles dunkel, aber unten wogt ein feines Geglitzer übers

Moos, wogt vor und zurück und zerflattert, jetzt ist alles in samtene Schwärze getaucht, nur an den Flechten tanzt ein greller Funke empor, zwei, zwanzig, hundert, hunderttausend, sie jagen empor und... da versinkt der Wald wieder in Nacht.

Nein, noch einmal, sekundenlang, der glitzernde Taumel, an den Ästen fließt schneeweißes Wasser ab, dann wieder tiefe Nacht. Suuuuh... der Sturm.

Alles ist in Finsternis versunken.

Ich warte noch eine Weile, aber das Schauspiel ist vorbei. Dann will ich mal aufstehen! Meine Beine sind steif, die Nässe läuft an meinen Waden herunter. So, da bin ich wieder!

Vielleicht war das auch ein Abenteuer, das hüpfende Licht eben, die Diamanten vom Himmel. Ich weiß nicht, wie du darüber denkst. Es ist ja möglich, daß du jetzt wieder mit deinem Larifari anfängst, wir verstehen uns wohl niemals im Leben. Jedenfalls ist mir auf der Stelle ein gewisser Trost ins Herz geträufelt. Ich fand das silberne Feuerwerk wirklich der Mühe wert.

Welcher Mühe?

Wenn einem etwas Derartiges vorgeführt wird in all dieser Wüstenei, so ein Geriesel von Bläue und Mondschein, dann will ich noch nicht sterben. Es ist ja auch alles halb so schlimm. Ich bin naß, gewiß, aber ich kann auch wieder trocken werden. Ich friere, ja, ja, aber nur etwas. Ich muß eben versuchen, weiterzukommen. Da! Was für ein Glück ich doch habe! Ist das nicht ein Harztropfen hier an dem Stamm? Wahrhaftig, so dick wie ein Taubenei! Ein wahrer Klumpen! Ich kann ihn in den Mund stecken und darauf herumkauen. Harz kauen, es gibt nichts Besseres gegen den Hunger. Siehst du, alles fügt sich so freundlich.

Tapp tapp... Die Ferne donnert von Sturm.

Habe ich gesagt: nichts Besseres? Man soll seine Worte

wägen! Harz ist gut, aber ein Brot mit Gänseschmalz ist besser.
Nur... man muß es eben zur Hand haben. Weiter!

Berliner Legende

Ein Pfirsichbaum kann still in der Sonne stehen und blühen, er kann auch vom Winde um die Ohren gehauen werden, daß er vor Schreck seine Blätter und Blüten fahren läßt. Aber dem Pfirsichbaum, von dem ich jetzt rede, ergeht es noch viel schlimmer. Er ist mit allen seinen blühenden Ästen an ein freistehendes Spalier gebunden, er ist geradezu gekreuzigt. Dagegen soll weiter nichts gesagt werden. Wenn aber der Betreffende, der die Kreuzigung vornahm, seine Sache nicht verstanden hat, wenn er nun die beiden Stäbe, mit denen das Spalier in der Erde steckt, viel zu dünn, und das Lattengitter oben viel zu plump gemacht hat, was dann? Wenn zum Beispiel ein Sturm kommt, was dann? Dann brechen die beiden Stäbe ab, und der Baum schwankt mit dem schweren Lattenwerk in der Krone so hilflos hin und her, daß einem angst und bange werden kann.
Jetzt braucht der Sturm nur einmal ordentlich zuzuschlagen, dann gibt es einen Knacks, und das arme, gekreuzigte Ding stürzt zu Boden und stirbt. Ein Jammer vor Gott und den Menschen.
Ganz so weit ist es ja zum Glück noch nicht gekommen. Aber die Stäbe sind bereits gebrochen, und der kleine Baum schwingt mit dem ganzen Spalier wie ein umgekehrtes Pendel von einer Seite zur andern. Wenn ich nicht über den Zaun springe und Hand anlege, bleibt er keine Viertelstunde mehr am Leben.
Ich befinde mich nämlich seit ein paar Tagen in Berlin.

Es ist Unsinn, ich weiß es, aber es ist nun einmal geschehen. Was soll man von Berlin sagen? Die Leute sind hier ja ziemlich tüchtig in allen möglichen Beschäftigungen. Oder nimm so einen modernen Autobus, der in einer Regennacht zwischen den Straßenbahnen und gewöhnlichen Autos mit seinen zwei erleuchteten Stockwerken wie ein rollendes Haus über den Asphalt dröhnt, das ist ein Anblick, der mir durch Mark und Bein geht. Aber vier Millionen Einwohner... ich hatte mir das Ganze eigentlich noch großartiger ausgemalt. In der Linienstraße, wo ich wohne, hat ein Einwohner die Vorstellung, daß man nur mit Kreide ein längliches Viereck auf den Backsteinboden zu zeichnen brauchte, dann wäre das ein Bett. Und weil er in seinem Keller außer Lumpen und Knochen auch altes Zeitungspapier verkauft, hält er sich für berechtigt, mit der Bettkreide über seine Tür zu schreiben: Verlagsbuchhandlung von Chaim Pen. En gros, en detail. Sein Name ist Chaim Pen. Vier Millionen Menschen krabbeln übereinander. Jeder will oben krabbeln. Die Stadt heißt Berlin. Und wer oben krabbelt, muß den anderen mit seinen Schuhen auf den Köpfen herumtrampeln. Anders geht es nicht.
Heute nachmittag bin ich bei Wind und Wetter einmal nach dem Westen hinausgewandert. Als ich da auf den Fehrbelliner Platz komme, ist der halbe Platz ein fruchtbarer Garten mit Obstbäumen, Zäunen, Schlackenwegen und allerlei Hütten aus Dachpappe. Ringsumher ragen Mietskasernen und Paläste in den Himmel, die Türken haben da sogar eine Moschee mit zwei nadeldünnen Türmen hingebaut, aber die Hälfte des Gartens ist in Schrebergärten aufgeteilt. Der Wind pfeift ganz ordentlich her, es nieselt, es nebelt, ein elendes Aprilwetter.
Und da sehe ich also in einem der Gärten den hin und her pendelnden Pfirsichbaum. Er hat Blüten über Blüten angesetzt, rosa Schleierfetzen, die in den Windstößen flat-

tern. Es wäre eine Schande, ihn so kläglich umkommen zu lassen. Ich schwinge mich über den Zaun, finde zwei Bohnenstangen und an der Wand der Bretterbude etwas Draht, in dem noch die vertrockneten Wicken vom vorigen Jahr hängen. Damit flicke ich das Spalier einigermaßen zurecht. Es ist eine Arbeit von fünf Minuten.
Plötzlich sagt jemand hinter mir mit rollenden Worten: Hören Sie, verährter Frreund, wenn ich rrecht unterrichtet bin, ist dieser Garten mein Eigentum!
Ein älterer Herr mit buschigen Augenbrauen und einem vorgewölbten, glattrasierten Priestermund beugt sich, auf zwei Stöcke gestützt, über den Zaun und sieht mich verdrießlich an.
Aber wenn irgendein Mensch auf der Welt ein gutes Gewissen hat, so habe ich es in diesem Augenblick. Ich ziehe meine Mütze ab und bitte den Herrn um Entschuldigung, so und so, ich hätte hier ein Unglück nahen sehen. Bitte schön, wenn er sich selbst einmal überzeugen wollte! Reines Mitleid mit dem unschuldigen Bäumchen.
Der Herr schlägt, ohne ein Wort zu sagen, mit einer umständlichen Gebärde den Mantel zurück, zieht ein Schlüsselbund aus der Hosentasche und schließt die Gartentür auf. Dann schlurft er an seinen Stöcken zu dem Spalier hin und wackelt daran herum. Und ich stehe daneben und bin ein feiner Kerl. Alles in allem habe ich einem Pfirsichbaum das Leben gerettet.
Nicht möglich! verwundert er sich. Seine Stirn wird heiter. Er sagt: Ich verstatte meinen Dank! Sehen Sie, es ist eine Frrühe Viktoria, eine Frrucht, glauben Sie mir, so flaumig und rrosig wie ein knospender Mädchenpopo. Ein Schicksal wär's, ein härzerschütterndes, gewäsen für mein Haus! Setzen Sie doch um Gottes willen Ihren... Ihre Bedeckung wieder auf bei diesem Wetter! Sie sind wohl Gärtner, daß Sie so ohne weiteres eingegriffen haben, wie? Arbeitslos, wie? Jedenfalls: Brravo und danke,

wackerer Frreund! Meinen Sie, daß wir das fürs ärste so lassen können? Er zeigt mit dem einen Stock auf mein Flickwerk.
Wenn ich ein bißchen Handwerkszeug bei mir hätte, wollte ich den ganzen Kram in einer halben Stunde für Zeit und Ewigkeit in Ordnung bringen.
Verährtester Herr, das wäre, bei Gott, nett von Ihnen. Ich möchte Ihnen einen Vorschlag unterbrreiten: Sie haben bemerkt, daß ich zur Zeit nicht äben mobil bin. Das Zipperlein des Mänschen Pein. Tun Sie mir die Liebe und telephonieren Sie nach meiner Wohnung, mein Junge soll uns sofort... Was brauchen Sie? Hammer, Nägel, Handsäge, was noch?
Haben Sie eine Gartenschere?
Gewiß! Hammer, Nägel, Handsäge, Gartenschere.
Bast oder so etwas?
Liegt in dem Häuschen hier. Wohlan, mein Junge soll alles mit dem Rrad herbeischaffen. Wenn es ihm möglich wäre, heute noch! Kurfürst siebenundsiebzig elf. Sie gehen dort den Hohenzollerndamm entlang, die ärste Querstraße rrächts, Uhlandstraße, da liegt dann das Postamt auf der rrächten Seite. Hier empfangen Sie einen Taler. Wie ist Ihr Name?
Ich antworte ihm das Nötige. Übrigens einen ganzen Taler? Keinesfalls!
Ähre wäm Ähre gebührt! sagt er mit rollenden Worten aus seinem Priestermund. Wir rrechnen später ab. Sie sehen in mir den Professor und weiland königlichen Hofschauspieler Böhm-Frratelli. Sic trransit gloria mundi! Kurfürst siebenundsiebzig elf. Und Gott befohlen, Frreund!
Auf dem Postamt stellt sich heraus, daß ich einen Telephonautomaten benutzen muß. Bislang habe ich noch nie mit so einem Biest zu tun gehabt. Aber ich kaufe mir eine Marke und trete ganz mutig in die gepolsterte Zelle

ein. Was nun? Ich hebe den Hörer ab, stecke die Marke in einen Schlitz und warte. Niemand rührt sich. Da entdekke ich einen Hebel und ziehe daran. Die Marke fällt herunter, es gongt. Und gleich darauf meldet sich eine müde Stimme: Amt.
Ich sage: Bitte Kurfürst siebenundsiebzig elf.
Die Stimme wiederholt mechanisch: Siebänundsiebzig älef Kurfürst. Zahlän!
Wie meinen Sie?
Zahlän!
Aber ich habe ja schon gezahlt!
Aber das dürfen Sie doch nicht! Wieso haben Sie schon gezahlt?
Ich habe schon an dem Hebel gezogen.
Aber die Vorschrift bestimmt doch ausdrücklich: Erst nach Aufforderung des Amtes zahlen!
Liebes Fräulein, sage ich, die Zelle, in der ich hier stehe, hat weder eine Vorschrift noch eine Lampe. Es ist hier ganz finstere Nacht um mich her. Und ich befasse mich zum erstenmal in meinem Leben mit einem so komplizierten Apparat. Was muß ich denn jetzt tun?
Ich höre sie ratlos atmen. Und als ihre Stimme nun wieder an mein Ohr dringt, ist sie nicht mehr so gleichgültig wie vorhin. Ich merke, daß sie einem Menschen gehört. Wir haben eine kleine Privatunterhaltung miteinander gehabt, wir kennen uns sozusagen schon etwas. Das Fräulein fragt: Haben Sie wirklich schon gezahlt?
Liebes Fräulein, ganz bestimmt!
Dann muß ich Ihnen wohl glauben. Sie haben... Einen Augenblick mal! Sie meldet sich gleichgültig: Amt.
Jemand Fröhliches trompetet: Geben Sie mir Merkur einundzwanzig siebenunddreißig hahaha!
Einundzwanzig siebänunddreißig Merkur.
Rack... diii... rack.
Dann kommt die Stimme, die eben dem anderen gegen-

über so fern und fremd war, wieder nahe zu mir heran, sie gehört nun wieder einem Menschen, einem Fräulein mit Augen und Lippen und warmem Atem aus der Brust herauf: Hören Sie noch?
O ja!
Ja, dann muß ich Ihnen wohl glauben. Und leise fügt sie hinzu: Ihre Stimme klingt so aufrichtig. Sie lacht verlegen. Aber ich handle gegen meine Vorschrift. Sie dürfen es nicht wieder tun, hören Sie!
O nein! Ich danke Ihnen auch... ich...
Doch sie fährt dazwischen: Ich verbindää!
Halt! rufe ich hastig. Fräulein! Fräulein!
Was denn?
Liebes Fräulein, wenn Sie so freundlich mit mir reden... ich wollte nur... und wie aufrichtig Ihre Stimme erst klingt, Ihre weiche und dunkle Mädchenstimme dahinten im Postgebäude!
Amt hier!
Lützow zähn null zwo.
Zähnnullzwo Lützow.
Rack... rack... Ein Stöhnen und Rauschen in der Leitung. Rack... Stille.
Ich horche in die Stille hinein. Es kommt mir so vor, als atmete da noch jemand. Und dann läßt sich das Fräulein ganz vorsichtig vernehmen:
Hören Sie noch?
Ja, sage ich beglückt.
Und sie: Also was meinten Sie eben?
Ich meinte, daß ich richtig ein bißchen... nur in Ihre Stimme, wie sie so dunkel aus dem Hörer herausklingt... daß ich ein bißchen in Ihre Stimme verliebt bin.
Nein, jetzt muß ich Sie verbinden! Hat man je so etwas gehört!
Aber sie verbindet mich noch nicht. Ich darf noch einiges

mit ihr bereden. Sie muß zwar alle Augenblicke andere Anschlüsse herstellen, sie läßt auch durchblicken, daß es ihr streng verboten ist, Privatgespräche zu führen, es kann sie den Kopf kosten, aber was soll man machen! Nein, morgen früh hat sie keinen Dienst. Treffen? Nein, nein, ich wäre sicher von ihr enttäuscht, doch sicher! Erst als ich sage, es stünde noch nicht einmal fest, ob ich imstande sein würde, einen Kragen umzubinden und Strümpfe anzuziehen, und wie ich hier am Telephon spräche, hätte ich jedenfalls mein Hemd vorn mit einer Briefklammer zugemacht, gibt sie zögernd nach. Und nun auf Wiedersehen!

Auf Wiedersehen, liebes Fräulein! Ach so! Ich wollte ja Kurfürst siebenundsiebzig elf haben!

Gertrud heißt sie. –

Dann schiebe ich mich durch den Wind zum Fehrbelliner Platz zurück. Der Professor hat sein Gartenhäuschen aufgeschlossen und Stangen und Bast herausgeholt. Er sitzt mit hochgeklapptem Mantelkragen auf einem Stuhl und meint, in diesem Garten gäbe es wohl für einen geschickten Mann an allen Ecken und Enden etwas zu tun, wie? Ich schlage dies und das vor: die Himbeeren müssen da weg, wir pflanzen neue am Zaun entlang, und der Komposthaufen kommt in die andere Ecke, jetzt liegt er ja gerade am schönsten Sonnenplatz. Was halten Sie von einem Steingärtchen hier um das Gartenhaus herum?

Er nickt mit dem Kopf: Das Stück Ärde, das Sie hier sehen, ist der Trrost meines Alters. Ja, ich bin alt, mein Frreund! Im vorigen Sommer sah es hier so trraulich aus, die Dahlien, der wilde Wein überm Dach, da habe ich's gepachtet. Aber ich merke, man muß etwas davon verstehen, wenn's gedeihen soll. Nun hat das Schicksal Sie herbeigesandt. Falls Sie nichts Besseres zu tun haben, bitte schön, Sie sind eingeladen, diese Wildnis zu ordnen, so gut es geht.

Und weil mir aus einem gewissen Grund daran liegt, den Taler, den er mir vorhin in die Hand gedrückt hat, behalten zu können, sage ich ja und amen.
Recht so! Da kommt übrrigens mein Junge. Tag, mein Junge! –
Nicht weit vom Dom liegt ein großer Leichter in der Spree. Darin halten die Berliner den Riesenwalfisch vom Nordpol gefangen, und wer zehn Pfennige bezahlt, darf ihn sich ansehen.
An dieser Stelle haben wir uns verabredet. Ich finde mich pünktlich ein. Das Wetter hat sich noch verschlechtert, Windstöße fegen übers Wasser, ein Schauer hüllt das Schloß und den Dom in graue Schleier ein, und ich besitze keinen Mantel. Bin mal neugierig, wie das heute gehen soll! Man kann sich für einen Taler wohl einen Kragen und einen Schlips kaufen, man kann auch seine Stiefel ein wenig mit Glanz versehen, man kann sich sogar balbieren lassen, aber was dann übrigbleibt, reicht leider für keinen Mantel mehr. Eine Mark und zwölf Pfennige.
Vielleicht dreht sich das Fräulein ja auf der Stelle um und geht wieder nach Hause, wenn ich vortrete und sage, ich wäre es also. Vielleicht kommt sie bei diesem Wetter auch gar nicht. Ich drücke mich an die Wand des Zeughauses, um den Schauer einigermaßen zu überstehen.
Da löst sich aus dem Menschenstrom, der von den Linden her über die Schloßbrücke zieht, eine Gestalt in einem schwarzen Lodenmantel heraus und hält auf mich zu. Oben auf ihrer Mütze steht ein kleinwinziges Schwänzchen in die Höhe. Ich nehme die Hände aus den Taschen und gehe ihr entgegen.
Ungefähr so habe ich sie mir auch vorgestellt, nur etwas jünger. Sie mag immerhin dreißig Jahre alt sein, unten am Kinn hat sie eine Flechte oder einen leichten Aus-

schlag, ich weiß nicht recht, ihr Gesicht ist schmal, nicht schön und nicht häßlich, aber die Augen liegen tief und sind von einer ruhigen Klugheit erfüllt.
Zuerst wissen wir nichts Rechtes miteinander anzufangen. Wir gehen aufs Geratewohl den Kupfergraben entlang. Dank, daß Sie gekommen sind! sage ich. Wo wollen wir nun bleiben?
Darüber müssen Sie entscheiden, antwortet sie mit ihrer dunklen Stimme. Sie ist heute etwas heiser.
Aber vielleicht fällt Ihnen als Berlinerin etwas Netteres ein als mir.
Sind Sie nicht aus Berlin?
Nein, haha! Merken Sie das nicht an der Sprache?
An der Sprache? Ich weiß nicht... Sie wohnen aber schon länger hier?
Warten Sie... fünf... heute ist der sechste Tag.
Wo kommen Sie denn her, wenn ich fragen darf?
Ja, wo komme ich her? Aus Hamburg, aus Bremen, aus Lüneburg, von der Elbe, aus dem Oldenburgischen, das weiß der liebe Gott. Sehen Sie denn nicht, daß ich beinahe ein Landstreicher bin? Aber nun mögen Sie sich wohl nicht mehr mit mir auf der Straße zeigen?
Sie geht langsamer und betrachtet mich von oben bis unten. Ein Landstreicher? Ich habe mir einen Landstreicher aber immer ganz anders vorgestellt. Oh, entschuldigen Sie! Sie machen nur Jux, nicht wahr?
Nein, nein!
Aber hören Sie mal, Sie sind doch mit sauberer Wäsche versehen, Schlips und Kragen... Der Schlips ist nicht gerade mein Fall, aufrichtig gesagt.
Ach, liebes Fräulein, mit diesem Schlips und Kragen hat es so seine Bewandtnis! Außerdem fällt der Regen vom Himmel, und ich habe nicht einmal einen Mantel zum Anziehen. Und wenn ich jetzt meine Jacke aufknöpfen würde, könnten Sie sehen, daß der Schlips vor lauter Bil-

ligkeit schon auf das Hemd abgefärbt hat. Mein Hemd ist übrigens nicht so sauber wie mein Kragen. Was ist dabei? Ich finde wahrhaftig nichts dabei. Aber ich finde auch nichts dabei, daß Sie möglicherweise etwas dabei finden! Wollen wir ehrlich zueinander sein?

Kurz und gut, sagt sie, ohne auf meine Frage zu antworten, ich schlage Ihnen vor, daß wir hier rechts über die Brücke gehen. Das Haus heißt das Kaiser-Friedrich-Museum. Vielleicht wissen Sie, daß es eine Gemäldegalerie ist, ja?

Nein, davon ist mir leider nichts bekannt.

Wissen Sie das wirklich nicht? Sie ist aber in ganz Deutschland berühmt. Wir gehen hinein und besehen uns die Bilder. Oder wenn Ihnen das keinen Spaß macht, können wir uns auch auf ein Sofa setzen und uns was erzählen. Sie sind, glaube ich, doch kein richtiger Landstreicher. Aber andererseits... wir haben uns ja auf so eine ulkige Art kennengelernt. Ich bin auch nichts Besseres. Vor allen Dingen regnet es da drinnen nicht. Ich glaube, Sie frieren sogar?

Sie spricht langsam, aber ihre Sätze reihen sich nicht ordentlich aneinander. Ich weiß, daß ich die Eigenschaft habe, die Menschen, die sich mit mir unterhalten, zu Ungezwungenheit und Vertrauen zu veranlassen. Früher begriff ich nicht, wie das zuging, aber es kommt wohl nur daher, daß ich einfach mit offenen Karten spiele. Ich verberge nicht, daß mit mir nichts Besonderes los ist, und Vertrauen gewinnt Vertrauen. Ich höre auch gern zu. Man muß eigentlich nicht auf die Worte achten, die jemand zu einem sagt. Ja, auf die Worte auch, aber mehr noch auf das Schweigen. Jemand spricht einen Satz aus, schweigt eine Sekunde und fängt dann einen neuen an. Aber wenn du diese schweigende Sekunde, wenn du all das Schweigen, das hinter den Worten schwebt, nicht deuten kannst, dann weißt du auch nicht, was der

Mensch in Wirklichkeit zu dir gesagt hat. Einmal fuhr mich jemand an: Warum antwortest du mir denn nicht! Mußt du so lange über meine simple Frage nachdenken? Da konnte ich ihm entgegnen: Ich denke nicht nach, ich höre dir noch immer zu.
So halte ich es auch jetzt. Ich gebe unwillkürlich auf das kleine Schweigen zwischen ihren unordentlichen Sätzen acht. Sie ist eine Berlinerin, sie sitzt stundenlang im Postamt und verdient dort ihr Geld. Wenn sie mit einem Landstreicher zusammentrifft, steht sie nicht da und zupft an ihrem Rock, sie tut den Mund auf: Wo kommen Sie her, wenn ich fragen darf? Aber ich glaube, sie ist innen über irgend etwas traurig. Sagte ich, ihre Augen seien von einer ruhigen Klugheit erfüllt? Ich will mich lieber anders ausdrücken: Sie sind von einer schmerzlichen Klugheit erfüllt.
Inzwischen sind wir in das Museum hineingegangen, und es kostet für jeden fünfzig Pfennige Eintritt. Nun besitze ich noch zwölf Pfennige in meiner Rocktasche. Das weiß sie natürlich nicht, sie gibt vielmehr in aller Ruhe ihren Mantel und ihre Mütze mitsamt dem Schwänzchen an der Garderobe ab. Hoffentlich hat sie selbst etwas Geld bei sich, sonst bleibt uns nachher nichts übrig, als uns dem Wärter mit Demut und Unterwerfung zu nähern. Vorläufig steht sie in Rock und Bluse und mit gescheiteltem Haar vor mir, und vielleicht ist sie doch noch keine dreißig Jahre alt.
Sie sagt: Jetzt kommt es darauf an, ob wir Bilder besehen oder miteinander schwatzen wollen.
Hm ja... Bilder besehen... Bilder besehen... Gestern habe ich zum erstenmal in meinem Leben mit so einem Automaten telephoniert, und heute wage ich mich zum erstenmal in ein Bildermuseum. Sie kennen das hier wohl alles schon?
Ich muß so machen, wie Sie: Hm ja... kennen... Ich ge-

he hier öfter umher. Weiter nichts. Aber kommen Sie doch erst einmal!
Wir steigen die teppichbelegte Treppe hinauf.
Wenn ich Sie nun bitten würde, sage ich, mir dasjenige Bild zu zeigen, das Sie von allen am liebsten haben. Oder gibt es so ein Bild nicht?
Doch. Aber...
Aber?
Aber das zeige ich niemandem.
Nein, nein, das zeigen Sie niemandem.
Sie ist stehengeblieben, ich bin noch zwei Stufen weitergegangen. Nun blickt sie fast böse zu mir herauf.
Warum fragen Sie danach? Warum wollen Sie das Bild sehen?
Gar nicht, liebes Fräulein! Ich habe nicht gewußt, daß Sie es so... Ich selbst mache mir nicht viel aus Bildern, und da ist es mir gar nicht in den Sinn gekommen, daß jemand dergleichen so heilig halten könnte.
O doch!
Eine schwatzende Schulklasse wälzt sich die Treppe herauf und treibt uns weiter. Das Fräulein geht voran. Wir durchqueren leise einige Säle. Überall hängen große, dunkel glühende Bilder in schweren Rahmen. Es riecht, als ob der Fußboden neu gestrichen wäre. Aber das strömt wohl von den Bildern aus. Und die Leute, die da umherstehen, beugen sich vor und lesen die Inschriften auf den Rahmen und blättern in kleinen Büchern.
Ich denke, daß ich unter diesen Umständen, da sie sich so verschlossen hat, das fragliche Bild doch gern sehen möchte. Vielleicht stellt es einen nackten Jüngling dar. Irgend etwas muß doch damit los sein. Ich möchte das gern wissen. Ich gehe hinter ihr her, und du kannst ja mit den Augen zwinkern und Grimassen schneiden, aber ich bin immer ganz benommen, wenn ich ein fremdes Mädchen in meiner Nähe habe. Ich muß sagen, einen Men-

schen kennenlernen, ein Mädchen ansehen, ihm zuhören und es kennenlernen... wieviel hundertmal habe ich es schon getan und wieviel hundertmal will ich es noch tun! Jeder Mensch, dem ich begegne, ist wie ein fremder Wald mitten in der Nacht. Bei den Männern ist das Dikkicht oft so voller Dornen, daß man keine zehn Schritte weit eindringen kann, oder man stößt auf nackte Felsen zum Himmel empor, oder ein Abgrund gähnt auf. Aber bei den Mädchen lassen sich die Zweige leicht zur Seite streifen, bald öffnet sich eine Wiese mit Sternen darüber und dem Duft von Blumen und Gräsern. Die warmen Gräser gehen mir bis an die Brust. Mit einem Mal fällt der Boden schnell ab, ich strauchele vornüber und versinke in der feuchten Wärme.

Das ist nur so bildlich gesprochen. Es ist gleich, ob du es verstehst oder nicht, paß lieber auf, was jetzt geschieht!

Das Fräulein dreht sich unvermutet um: Nein, verzeihen Sie mir!

Aber was denn, lache ich, Sie werden doch Ihr Bild für sich behalten dürfen. Eigentlich müßte ich ja...

Sie wendet sich wieder ab und tritt linker Hand in ein Kabinett. An dies Kabinett schließt sich ein zweites, ein drittes, eine ganze Flucht von Kabinetten an.

Haben Sie denn gar keine Lust, die Bilder genauer zu betrachten? fragt sie. Wir huschen ja nur so vorbei.

Vorhin war da ein Schiff auf dem Meer abgebildet, das hätte ich ganz gern einmal besichtigt. Aber schließlich für einen, wie ich es bin, ist das alles nicht der Rede wert.

Dann mögen Sie wohl das Bild gar nicht mehr sehen? Ich wollte Ihnen nur sagen... Sie fragten vorhin... dies Bild ist es nun.

Ich lasse sie stehen und trete schnell an das Bild heran, auf das sie, den Zeigefinger von ihrer Hüfte hebend, mit einer wiegenden Bewegung des Körpers weist. Es ist dunkel gerahmt, anders als die übrigen, es sieht fast wie ein kleiner Altar aus. Eine Madonna hat ihr schlafendes Wickelkind im Arm, ihr Kopf ist geneigt, aber sie blickt nicht auf das Kind, sie blickt so still vor sich hin. Alles an ihr ist still und traurig. Die Neigung ihres Kopfes, ihr Haar, ihre Augen, ihr Mund. Ein altes Bild. Die Farbe ist schon ganz verwittert, ein düsteres Grün und etwas Gold. Das Gesicht ist auch wie mattes Gold. Am traurigsten ist wohl der Mund.

Wie finden Sie es? fragt das Fräulein hinter mir.

Es ist so traurig, sage ich und hänge mit meinen Blicken immer noch an dem wehmütigen Mund der Frau.

Wie kann es denn anders sein!

Ja, sie ahnt natürlich schon, was mit dem Kind geschehen soll.

Ich sehe mich nach dem Fräulein um und mache zwei Schritte zurück. Wir betrachten das Bild gemeinsam.

Nein, sie ist nur traurig, weil sie es hat gebären müssen, sagt das Fräulein mit einer so eigenartigen Stimme, daß ich sie kaum wiedererkenne.

Weil sie es hat gebären müssen, und weil es nun so viel leiden soll. Das meinte ich ja.

Nein, sie ist nicht traurig über das Kind, sie ist traurig über sich selbst.

Über sich selbst?

Sie überlegt, ob sie weitersprechen soll, dann wendet sie sich ab und sagt zögernd: Wenn... ach Sie... ja, Sie sind ein Mann, und da können Sie auch nicht wissen – sie holt tief Atem – wie traurig eine Frau ist, wenn sie ihr Kind aus ihrem Leibe herausgeben muß.

Sagen Sie das? Und da habe ich als Mann immer gedacht, eine Frau wünschte sich nichts anderes, als ein Kind im Leben zu haben.

Sie lächelt bitter und schüttelt den Kopf: Die Männer legen sich das auf ihre Art zurecht. Bei manchen Frauen kann es ja auch so sein. Aber bei manchen ist es ganz anders.

Kommen Sie, antworte ich, wir wollen uns hier ein bißchen hinsetzen.

An der einen Wand des Zimmers ist eine Sitztruhe aufgestellt. Wir lassen uns dort nieder. – Woher sollen die Männer denn die Wahrheit erfahren, wenn die Frauen immer beiseite gehen und ihr Geheimnis für sich behalten? Sie haben etwas im Sinn, nur ... ich verstehe es noch nicht. Aber wenn Sie mich nun schon vor Ihr Bild geführt haben, müssen Sie mich, bitte, auch noch ein wenig weiter führen, ja?

Wohin soll ich Sie noch führen?

Vor sich selbst. Und was Sie so denken.

Sie schweigt.

Oder vor die Frau dort auf dem Bild?

Sie starrt auf den Fußboden und schweigt, ich sage auch nichts mehr. Ein Herr und eine Dame erscheinen in der Tür. Der Herr zeigt im Vorbeigehen mit seinen Handschuhen auf das Bild: Mantegna, Mutter mit dem Kind. Die Dame mustert es unentwegt über die Schulter und antwortet, ohne das Bild zu beachten: Mantegna, auch wunderbar! Dann strahlt sie eine Menge Maiglöckchengeruch aus und verschwindet hinter dem Herrn im nächsten Kabinett.

Nach einer Weile richtet sich das Fräulein auf und will etwas sagen, aber sie sinkt doch wieder in sich zusammen. Ich warte. Wir sitzen bedrückt nebeneinander auf der Truhe. Und wieder nach einer Weile fängt sie mit belegter Stimme an zu sprechen.

Es ist ja lächerlich von mir, aber sehen Sie mal, was stellen wir Frauen denn dar? Ja wirklich, was stellen wir denn eigentlich dar? Wir sind nur glücklich, solange wir in unserer Unschuld und Beruhigtheit umhergehen,

Kinder und Mädchen, das ist schön. Wir lassen alles über uns kommen, wir tun ja niemandem etwas, wir treiben nur so hin. Ein Kind, ach, das fühlen Sie doch auch, wie schön das ist, wenn ein Kind auf der Erde sitzt und die Mütze über die Ohren gezogen hat und einen anguckt, oder wenn es barfüßig die Treppe herunterkommt und seine großen Zehen nach oben bewegt, und bei den Mädchen von elf, zwölf Jahren ist es auch nicht anders. Sie haben noch ihre Reinheit und Unschuld in sich, so dies ganz, ganz... Glauben Sie, daß es eine Seele gibt?
Eine Seele, wer das wüßte, liebes Fräulein!
Doch, es gibt eine Seele, glauben Sie mir! Und dann machen sich die Männer an uns heran und ziehen uns in ihr dunkles und wirres Treiben hinein. Sie meinen es nicht böse, niemand meint es böse. Ich möchte niemandem einen Vorwurf machen. Ich denke mir, es kommt daher, weil wir gar nicht wissen, daß wir unschuldig sind, ich will es einmal so nennen, unschuldig. Wir wissen es gar nicht, es ist so selbstverständlich. Und was die Männer da treiben und flüstern, legt sich so angenehm um uns herum, die Liebe. Wir machen die Augen zu und wehren uns nicht. Aber dann, wenn wir anders geworden sind, wenn wir den Leuten nicht mehr ins Gesicht sehen können, weil wir uns alle voreinander schämen, wenn es uns als etwas Besonderes vorkommt, daß die Kinder so schön und klar sind, wenn wir das Ruhige innen in uns nicht mehr fühlen, wenn wir nachts weinen und so tun, als wüßten wir nicht, warum, dann, dann, dann verstehen wir mit einem Mal alles. Und dies Verstehen... Frauen müssen immer unschuldig sein, sonst quälen sie sich. Die Männer sind nicht so geartet, das ist mir wohlbekannt. Ich kann über die Männer nichts sagen, aber wir... wir...
Sie legt den Mund auf ihre Faust und schweigt wieder. Ich beuge mich zu ihr hinab und sage, um etwas zu sa-

gen: Über solche Dinge denken Sie also nach, wenn Sie morgens zum Postamt gehen! Nein, Sie können doch nicht recht haben, liebes Fräulein, es müssen doch Kinder geboren werden, nicht wahr?
Das dürfen Sie nicht sagen, ich könnte nicht recht haben. Ich erzähle Ihnen ja nur, was ich immerzu erlebe. Aber es verhält sich noch viel sonderbarer mit uns. Ach ja, wir reden über Gott und die Welt!
Noch viel sonderbarer, frage ich, wie meinen Sie das wohl?
Überlegen Sie sich mal: Wenn nun der Frau dies angetan ist, dann kann es doch geschehen, daß sie eines Morgens aufwacht und in sich hineinhorcht und den Atem anhält und es nicht glauben will. Es ist dann so, als sei alles nur ein schrecklicher Traum gewesen. Sie will es nicht glauben, aber sie spürt es so zart und süß in ihrem Blut, daß da innen wieder eine unschuldige Seele wohnt. Das ist so unsagbar beglückend, so unsagbar, daß ich es niemandem, der es nicht an sich selbst erfahren hat, beschreiben kann, diese kleine, silberne Unschuld nahe an meinem Herzen. Mein Gott, sie ist so klein, aber jeder Blutstropfen drängt sich an sie heran, jeder Blutstropfen möchte einmal an ihr vorbeisickern und etwas silbernes Licht mitnehmen. Und dann rinnt er weiter bis in die Fingerspitzen. Alles ist mir vergeben, ich bin wieder ein Kind, ich bin wieder ruhig. Und die Nächte, die nun kommen, wenn ich wach liege und die kleine Seele in mir zittern fühle, oh! Ich liege im Bett und singe in die Dunkelheit hinein, ich schaukele mich auf der Matratze auf und nieder. Diese Minuten, wenn ich auf dem Wege zur Markthalle stehenbleibe und nicht begreifen kann, wie wundersam das doch ist, was mich betroffen hat! Ich liebe mich, ich bete mich an, ich werde von Tag zu Tag häßlicher, aber ich bin ein unschuldiges Kind. Mein Kind und ich, wir sind ein und dasselbe, wir haben ein und dassel-

be Blut, wir haben ein und dieselbe Seele. Und dann... und dann muß ich es aus mir entlassen. Die Tage vorher, wenn man fühlt, daß es nun anfängt, sich loszulösen, was sind das für furchtbare Tage! Aber man muß ja mit sich machen lassen, was über einen beschlossen ist. Wer das wohl beschließt? Wissen Sie etwas darüber?

Ja, antworte ich leise, es gibt da etwas furchtbar Geheimnisvolles, das alles so geschaffen hat, wie es ist. Sie, mich und uns alle, und daß die Kinder gerade auf diese Weise geboren werden, und daß der Ochse Hörner hat und das Känguruh einen Beutel am Bauch. Sie haben ganz recht, man muß mit sich machen lassen, was das da will. Die Natur oder der liebe Gott, weiter weiß ich auch nichts.

Der liebe Gott? Ich glaube nicht daran. Was wollen die Schmerzen besagen? Ich habe nicht wegen der Schmerzen geschrien. Ich habe vor Verzweiflung geschrien, weil ich ganz leer werden sollte. Meine... diese kleine Unschuld sollte aus mir herausgerissen werden. Viele Frauen verbluten daran. Ich kann das so gut verstehen. Aber die meisten leben weiter. Und wenn man dann sein Kindchen im Arm hat, dann ist einem so zumute wie der Frau dort auf dem Bild. Die weiß es auch, die weiß es auch. Ja, ja. Dann merkt man erst so recht, was für ein Unterschied zwischen uns beiden besteht, zwischen dem Kindchen und mir. Ja, ja.

Das Fräulein sitzt gebückt neben mir und sagt mit ihrer heiseren Stimme all diese verirrten und mütterlichen Gedanken gegen den Fußboden. Ich nehme ihre Hand und streichle sie etwas.

Sie sind ein guter Mensch, murmelt sie. Dann schiebt sie die Unterlippe trotzig vor und stößt die einwärts gekehrten Spitzen ihrer Schuhe gegeneinander: Ich kann Ihnen ebensogut das andere auch noch erzählen. Das Kind ist tot, und sein Vater... wir sind weiter nicht verheiratet. Es hat auch keinen Zweck. Ich bin krank. Ich kann keine

Kinder mehr kriegen. Ich kann nie wieder innen dies süße... Ich möchte so gern einmal vergessen, daß ich lebe!
Das sagt sie. Und wie ich noch dabei bin, mir klarzumachen, was für entsetzliche Worte sie da eben geäußert hat, schmilzt ihr Mund langsam auseinander, ihr Kinn zuckt, aus ihren Augen stürzen Tränen, sie sieht mich mit blinden Augen an und weint.

Wenn ich in Berlin geboren wäre, wie so mancher andere, würde ich mich nicht scheuen, hier bekanntzugeben, daß der Professor eine saure Murmel hat. Aber so äußere ich nur: Wer mit fünfzig Jahren keinen Verstand in seinem Kopf spürt, bekommt auch keinen mehr.
Der Professor hat einmal was von Spargelbeeten gehört, und nun bringt er immer wieder das Gespräch darauf, ich sollte in seinem Garten Spargel anbauen.
Aber Herr Professor, wende ich ein, dazu braucht man leichten Boden und einen Garten dreimal so groß wie Ihren!
Können Sie den Boden denn nicht leichter machen, mein Frreund?
Sand, sage ich, drei Fuhren Sand!
Er läßt wahrhaftig Sand anfahren.
Kompost! sage ich. Müll! sage ich.
Ich werde telephonieren, antwortet er.
Jetzt wollen wir daran gehen, die Gartenzäune umzureißen, sage ich.
Er hebt seine blasse Hand hoch: Einer unserer Heroen des Geistes hat den goldenen Spruch geprägt: In der Beschränkung zeigt sich ärst der Meister!
Was soll ich machen? Es bleibt mir nichts anderes übrig, als klein beizugeben.
Heute sitzt er auf seinem Stuhl, sieht seinen Jungen kommen und reibt sich die Hände: Guten Tag, mein Junge!

Hier hast du unsere Spargelfarm. In drrei Jahren können wir ärnten und unseren Gaumen mit selbstgeborenen Spargeln letzen! Diese Grräben nehmen die Pflanzen auf. Unser Frreund versteht seine Sache. Und merke dir: im Frühjahr düngen, nicht im Herbst!
Aber der Junge merkt sich gar nichts, sondern schwingt sich, nachdem er dem Herrn Vater die Morgenzeitung überreicht hat, mit seinen nackten Knien aufs Rad und jagt mit seinem hochmütigen Primanergesicht davon. Der Professor ist hinter seiner Zeitung verborgen, und ich grabe. Ringsherum liegen grau und weiß die Stadt Berlin und die Vorstädte, und über uns allen schwebt ein blasser Großstadthimmel. Aber der Forsythiastrauch, der am Zaun wächst, läßt seine gelben Zweige wie die gebogenen Strahlen einer Wasserkunst gegen das blasse Blau emporblühen. Es ist Frühling in den Schrebergärten am Fehrbelliner Platz. Andererseits kannst du dir denken, daß ich allerhand in meinem Kopf bewege, womit ich nicht fertig werde. Und als der Professor seine Zeitung zusammenfaltet, stelle ich mich aufrecht hin und blicke ihn an. Er nickt mir zu.
Ich müßte kein Menschenkenner sein, rollt er freundlich aus seinem Munde heraus, wenn ich nicht märkte, daß Sie wieder einmal etwas auf dem Härzen haben.
Er hat mir in den letzten Tagen öfter auf meine Fragen geantwortet. Ich brauche mich nicht vor ihm zu genieren. Herr Professor, fange ich an, wenn Sie nun ein Professor sind, dann gebieten Sie doch über alle Gelehrsamkeit und Wissenschaft.
Nicht gerade über alle, und eigentlich bin ich mehr ein Professor für Kunst. Aber lassen Sie hören!
Ich möchte wissen... also sozusagen, was halten Sie als Professor von der Ehe und von dem Ganzen?
Hals- und Beinbrruch, mein Frreund! Sie wollen sich beweiben?

Beweiben? Nein! Ich meinte nur... nein, so etwas habe ich nicht im Sinn! Ich meinte auch nicht die Ehe, sondern mehr das Ganze, wenn eine Frau ein Kind kriegt und so.

Ja, und worüber soll ich mich da äußern?

Weil Sie doch auch verheiratet sind...

War!

Bitte?

Ich war verheiratet, zweimal sogar. Aber lassen Sie sich nicht stören! Worüber soll ich...

Entschuldigen Sie! Also wenn eine Frau schwanger ist, was sie dann so für Gedanken hat.

Tausendundeinen und noch eine Million andere. Wie kommen Sie nur auf solche Fragen?

Tausendundeinen. Und über das Kind unter ihrem Herzen, wie denkt sie darüber?

Der Professor blitzt mich einen Augenblick mißtrauisch an. Ich weiß nicht, warum. Dann sagt er: Möchten Sie das wissen?

Ja, wenn Sie mir da... doch, ich möchte das wissen.

Er legt sich zurück und drückt seinen Bauch etwas heraus: Begreiflicherweise kann ich nicht aus der Schule plaudern. Das werden Sie verstehen. Aber wenn Sie dergleichen interessiert, werde ich Ihnen einen Fall unterbreiten, der lährreich genug ist. Schauen Sie, ein guter Frreund von mir, der seine Frrau vor einiger Zeit verloren hatte, fuhr eines Sonntagmorgens mit der Trram zum Ostfrriedhof. Wir sind in München. Nein, warten Sie, diese Geschichte ist wieder etwas für sich. Aber gut, Sie sollen auch diese Geschichte hören, sie hat doch eine gewisse Bedeutung für das Spätere. Er sitzt mit seinem hohen Hut in der Trram und hält einen Krranz in Händen, den er auf das Grrab seiner Frrau lägen will. Astern und eine weiße Schleife, nicht wahr, eine goldene Inschrift: Der untröstliche Gatte. Da steigt eine tiefverschleierte Dame ein. Sie setzt sich meinem Frreund gegenüber und hat ebenfalls einen Totenkrranz bei sich, ebenfalls mit weißer Schleife und goldenen Buchstaben: Die trauernde Gattin. Die beiden sitzen sich also gegenüber und sehen sich still und ärnst an. Er liest ihre Schleife, sie liest seine. Drraußen fällt das Laub von den Bäumen, es ist Oktober. Und man kommt in ein gedämpftes Gespräch, mein Frreund verneigt sich, die Dame schlägt den Schleier zurück und duftet eine Spur nach Lavendelseife, was soll ich weiter grroße Worte machen, es war die rrätselvolle Liebe auf den ärsten Blick. Damals zählte mein Frreund zweiundvierzig, die Dame siebenunddreißig Jahre. Sie heirateten sich und wurden unerhört glücklich miteinander. Wie gesagt, alles in München. Daß mein Frreund einen... hm... ein vierjähriges Mädchen aus der ärsten Ehe mitbrrachte, beeintrrächtigte das Glück in keiner Weise. Sie verstehen, was ich Ihnen explizieren will: Zwiefache Liebe über alle Vorurteile und Grräber hinweg. Halten Sie das fest! Und diese Frrau war so wärtvoll, so gütig, so schön. Sie glauben es nicht, sie hatte ein so rreifes Verständnis für meine künstlerische Arbeit, sie entzückte alle Welt von Seiner Exzellenz dem Herrn Intendanten angefangen bis herab zum Garderrobier, wir machten ein großes Haus. Es gibt keine solche Frrau wieder. Aber nun kommt es. Und hier haben Sie denn eine Antwort auf Ihre Frrage. Es fiel mir auf... vielmehr meinem Frreunde... Was habe ich gesagt? Also mein Frreund wunderte sich, daß seine Frrau in letzter Zeit zuweilen so bedrrückt einherging. Aber weil sie im übrrigen kein Wesen davon machte, ließ er es auf sich beruhen. Bis er eines Tages erleben mußte, daß ihr, als sie ihm seine Teetasse reichte, Trränen in den Augen standen. Da fragte er offen heraus, was seine liebe Frrau um Gottes willen für Sorgen habe. Sie sank in einen Sessel und weinte fassungslos auf. Die ärsten Trränen in einer

unerhört glücklichen Ehe. Was war es? Sie hatte in diesen Tagen gemerkt, nicht wahr, daß sie Mutter werden sollte.
Trränen? rief ich. Deshalb Trränen? Ich bin ja so glücklich, meine liebe, schöne Frrau!
Aber sie schüttelte den Kopf und ging weinend hinaus. Das war der Anfang. Und hinfort rrollte Tag für Tag, Nacht für Nacht eine Tragödie an mir vorbei. Sie wollte das Kind nicht haben. Zuerst war sie nur unglücklich, aber im drritten, im vierten Monat hatte sie Ausbrüche der Verzweiflung. Sie mußte sich jeden Morgen stundenlang erbrrechen. Ich spüre, ächzte sie, wie es mein Blut in sich hineinsaugt, es nimmt mir alle meine Kraft, betrrachte nur meine Haut, mein Haar, ich werde von Tag zu Tag jämmerlicher. Aber ich will nicht so dahinschwinden, ich will noch leben! – Der Arzt, den ich vorsichtig hinzuzog, meinte, das hätte nichts zu bedeuten, schwangere Frrauen äußerten des öfteren solche Gedanken, nachher rrenke sich das wieder ein. Was das Kind im Mutterleibe beträfe, so wäre das alles in bester Ordnung. Aber es rrenkte sich nicht ein. Es wurde von Woche zu Woche schlimmer, es wurde so schlimm, daß sie begann, das Kind in ihrem Leibe zu verfluchen. Stellen Sie sich vor: zu verfluchen! Sie warf sich auf die Erde und schrrie, ich sollte sie von dem Vampir befrreien. Stellen Sie sich vor: von dem Vampir. Sie umfaßte meine Knie. Und in der Tat, ihr Äußeres verfiel in erschrreckendem Maße. Von ihrem Innern will ich nicht reden. Können Sie sich vorstellen, daß es sie mit Abscheu erfüllte, sich auszumalen, wie es sein würde, wenn ärst die rrührende Gestalt des Kindchens in ihren Armen läge! Habe ich ärst ein Kind, dann bin ich nicht mehr ich, stieß sie hervor, dann welke ich hin, und der Vampir, der mir mein Blut genommen hat, wird grroß und blühend. Seit ich das Kind spüre, liege ich im Sterben, begrreifst du das denn

nicht! Ich sage dir, es hat mein bißchen Lebenskraft an sich gerissen und mästet sich daran. Wenn es aus mir herausquillt, bleibe ich nur wie eine welke Hülle zurück. Ich will noch nicht sterben! Ich will noch nicht sterben! Sie ballte die Fäuste, ihre Augen waren schrräg vor Irrsinn, sie brach in die Knie und schüttelte ihr Haar. Wenn sie essen sollte, stieß sie mit dem Messergriff auf den Teller, daß er zersprang. Ja, mein Frreund, das waren Wochen, die ich nicht so bald vergessen werde!
Er faltet die Zeitung auf seinem Oberschenkel zu einem schmalen Streifen zusammen, dann breitet er sie auseinander und faltet sie von neuem zusammen. Ja ja ja, seufzt er.
Und was wurde dann, Herr Professor, ich meine, als das Kind nun geboren war?
Schauen Sie, es wurde nicht geboren, sie hat sich schließlich mit einer Hutnadel in den Leib gestochen und ist mitsamt dem Kinde gestorben. Ja ja ja. Das heißt, sie hätte vielleicht gerettet werden können, zumal die Operation bereits geglückt war. Aber da nahm sie Veronal. Und da war eben nichts mähr zu machen.
Ich stütze mich auf meine Grabschaufel und denke: Ein Weib... was ist das nun... ein Weib? Ich habe in einem Bildermuseum eine Geschichte gehört, und der Professor hat mir wieder eine andere erzählt. Aber ich glaube, diese Angelegenheiten sind nichts für mich. Wenn mir noch einmal so etwas begegnet, will ich mich lieber beiseite schleichen und nichts davon wissen. Die Mädchen, die ich bei mir hatte und küßte, waren so jung und gedankenlos. Sie erinnerten mich beinahe an Tiere mit ein wenig Krallen und zarter Geschmeidigkeit. Aber die Mütter sind wohl, wenn sie gebären sollen, wie wahnsinnige Tiere, die nachts über die Felder streifen, bis sie irgendwo niedersitzen und mit irren Augen, in denen das Sternenlicht grünlich glitzert, in die Weite starren. Nein,

das ist natürlich Unsinn. Aber mir kommt das mit den Müttern und mit der Geburt und mit all dem Blut immer so unheimlich vor, ich werde ganz krank, wenn ich daran denke.
Schauen Sie, das sind meine Ansichten über die Ehe und das Ganze, sagt der Professor. Sind Sie nun klüger geworden?
Ich weiß es noch nicht, antworte ich. Und Veronal, Herr Professor, was ist das doch gleich?
Ein Schlafmittel.
Ein Schlafmittel, natürlich!

In der Eisenbahn

Zum Schluß hat mir der Professor fünfzig Mark geschenkt. Summa summarum, sagte er.
Keine Ursache, entgegnete ich, guten Morgen!
Und so bin ich plötzlich in die Lage versetzt, mit der Eisenbahn zu fahren. Ich will versuchen, von Berlin nach Hannover zu kommen, und dann soll das Leinetal abgeweidet werden. Wenn ich die nötigen Mittel habe, verreise ich gern einmal mit der Eisenbahn. Man nimmt Platz und braucht sich um nichts mehr zu kümmern. Wer Lust hat, guckt zum Fenster hinaus und sieht ununterbrochen etwas Neues. Natürlich ist es auch lohnend, sich an die anderen Reisenden heranzumachen. Dann erfährt man, was es alles für Merkwürdigkeiten in dieser und jener Welt gibt. Will einem das Glück an diesem Tage wohl, so bekommt man unter Umständen eine vollständige Zigarre geschenkt. Nach ein paar Stunden ist man leider schon da. Wenn meine Fahrkarte von Berlin nach Hannover lautet, werde ich in Hannover hinausgeschmissen.

Ich kaufe mir also zur rechten Zeit im Bahnhof Zoo eine Fahrkarte, finde meinen Zug und steige ein. Es handelt sich um ein Abteil für ›Reisende mit Traglasten‹. Der betreffende Wagen hängt ganz hinten am Zug.
Wir sitzen alle miteinander friedlich an den Wänden umher, wir Fahrgäste, und überlegen, was wir voneinander zu halten haben. Außerdem warten wir darauf, daß der Zug abfährt. Aha, nun ist es soweit! Wir bewegen uns schon. Mit einem Mal ruft draußen eine helle Stimme: Ach was, Unsinn! Eine Männerstimme donnert dagegen, die Tür zu unserem Abteil wird aufgerissen, und eine junge Dame springt atemlos zu uns herein. Da alle Plätze besetzt sind, wirft sie sich auf den nächsten besten Weidenkoffer, bläst die Backen auf und tupft sich mit einem aus dem Busen gezogenen Taschentuch den Schweiß von der Nase. Dann läuft sie plötzlich ans Fenster und winkt lachend und keuchend zum Bahnhof zurück. Und dann sinkt sie wieder auf den Weidenkoffer.
Es ist doch hoffentlich erlaubt? fragt sie erschöpft rundum die Bänke entlang.
Die Magd, deren Eigentum der Koffer ist, hat nichts dagegen.
Eine junge Dame mit weißseidenem Jumper und schwarzseidenem Bubenkopf, eine Fremde in der dritten Klasse. Wäre die zweite Klasse zufällig hinten gewesen, dann säße sie wohl nicht unter uns. Mit einem Mal verzieht sie ihr glühendes Gesicht und fängt an zu weinen. Nein, sie weint nicht, sie lacht ja! Erst tut sie es zaghaft in ihr Schnupftuch hinein, dann legt sie sich zurück und lacht so laut und herzlich los, daß wir unwillkürlich alle mitgrinsen. Ein alter Mann, der sich in der Ecke schon zum Schlafen zurechtgesetzt hat, holt seinen Zwicker aus der Westentasche, klemmt ihn auf die Nase und hält vor lauter Verwunderung den Kopf ganz schief. Da kann ich

es denn nicht unterlassen, meine Mütze abzuziehen und sie sozusagen im Namen aller Anwesenden zu fragen, ob sie uns nicht, so wie sie uns, die wir so gemütlich beisammensäßen, hier sähe, ein bißchen an ihrem Glück teilhaben lassen wolle?

O Gott, Sie müssen bitte entschuldigen, sagt sie und nimmt sich zusammen, daß ich mich so ungeniert aufführe, aber stellen Sie sich vor, mir ist auch etwas zu Witziges passiert. Ich mußte unbedingt diesen Zug kriegen, weil... weil... ich wollte ihn eben rasend gern kriegen. Natürlich verschlafe ich die Zeit, natürlich fährt mir die Untergrund gerade vor der Nase weg, ich wieder nach oben, kein Auto weit und breit, man kennt das ja, nicht wahr?

Ich nicke mit dem Kopf.

Also fege ich wieder hinunter und in die nächste Untergrund hinein! Neben mir steht ein Herr mit einem chicen Embonpoint, und wie wir...

Entschuldigen, gnädiges Fräulein, sage ich, daß ich gnädiges Fräulein unterbreche, womit steht er da?

Mit einem Bäuchlein.

Mit einem Bauch, ruft der Zwickermann, stören Sie doch das Fräulein jetzt nicht!

Aber das Fräulein lächelt mich an und erzählt weiter: Als wir uns dem Zoo nähern, frage ich den bewußten Herrn nach der Uhr.

Zehn neunzehn, antwortet er, zweiundzwanzig fährt mein Zug ab!

Meiner auch, sage ich.

Haben Sie schon eine Fahrkarte? fragt er.

Nö, sage ich.

Ich auch nicht, sagt er, wir müssen gleich so durchrennen. Herrgott, wir kriegen ihn ja doch nicht mehr!

Verheerend! sage ich.

Die Untergrund hält, ich raus, er hinterher. Wir fegen

treppauf, treppab. Als wir an die Sperre kommen, ich vornweg, er drei Meter hinter mir, schreie ich, um keine Sekunde aufgehalten zu werden, dem Knipsonkel entgegen: Hallo, mein Mann hat die Karten! und renne durch, renne diesen Fatzken von Stationsvorsteher, der mich nicht mehr einsteigen lassen will, übern Haufen und voilà, da bin ich. Der dicke Herr mußte sich natürlich erst mit dem Knipser herumstreiten und ist nicht mitgekommen. Ich habe ihm aber auch so nett wie möglich zugewinkt. Er mag schön... haha... ich hätte ihn hören mögen! Er hat vor Wut seinen Schirm hinter dem Zug hergeworfen. Der Hut war ihm schon auf der Treppe weggekollert. Hahaha!

Wir lachen alle mit. Guck einer das Satansmädel an! Nur der Zwickermann blickt mit gesträubtem Schnurrbart von einem zum anderen und ist nicht einverstanden. Einige wollen ihn belehren, aber er kann nicht umhin, moralische Bedenken zu haben. Wir reden hin und her. Doch er steckt seinen Zwicker in die Westentasche und verharrt auf seinem Standpunkt. Erst als er sieht, mit was für einer tapsigen Seligkeit die Verbrecherin in Spandau einem weißgekleideten Tennisspieler, der sie da erwartet, in die Arme sinkt, begreift er vielleicht, daß einem Fräulein mit schwarzen Seidenhaaren jedes Mittel recht sein darf, um an ein solches Ziel zu gelangen. –

Nachdem in Wustermark eine Menge Leute ausgestiegen sind, darunter auch der moralische Mann mit dem Zwicker, schiebt der Schaffner, unterstützt vom Zugführer, eine Dame in unser Abteil, die schon nach oberflächlicher Schätzung ihre zweieinhalb Zentner wiegt, wobei ich das Fett, das unter ihrem Kinn baumelt, gar nicht einmal mitrechnen will. Sie polstert ihren Platz mit einer vielfach zusammengelegten Reisedecke aus, stellt ein gelbes Kissen für ihren Rücken an die Wand und hängt ein zweites, das sie erst mit Luft aus ihrem gewal-

tigen Busen vollbläst, für ihren Kopf an den Haken des Gepäckbrettes. Dann senkt sie sich nieder, zieht ein Buch aus ihrer Handtasche und sitzt ganz ruhig da. –
Rathenow. Der Bahnsteig wimmelt von Arbeitern. Es wird voll bei uns. Pfeifenqualm, Gestank, Pest. Ich stelle mich ans Fenster und halte meine Hände in den Wind hinaus... Großwudicke... Schönhausen-Damm... Schönhausen...
Als der Zug in Hamersen einläuft, steht neben dem Zaun, der den Bahnkörper von der Dorfstraße trennt, eine kleine Arbeiterfrau mit ihrem Kind auf dem Arm. Sie späht suchend an den Wagen entlang, sie hebt sich auf die Zehen und wendet den Kopf nach links und rechts, bis sie ihren Mann im Gewimmel der Aussteigenden entdeckt hat. Da leuchten ihre Augen auf, sie winkt und sagt etwas zu dem Kind auf ihrem Arm. Das fahle Haar hängt ihr ins Gesicht. Nun steht sie da, ruhend in Glück, und wartet, bis er sich durch die Sperre geschoben hat. Aber da merkt sie, daß er, ohne sich um sie zu kümmern, mit einigen Kollegen in entgegengesetzter Richtung davongeht. Die Menschen haben sich verlaufen, der Zug fährt weiter. Nur die Frau mit dem Kind steht noch regungslos auf der Straße. Sie ist ganz erloschen. Ich sehe das alles von meinem Fenster aus mit an. Nun schiebt sich ein Schuppen zwischen mich und die Frau. Vorbei. Ich fahre woandershin. Aber die Frau muß immer in Hamersen bleiben. Warum gibt es diesen Tag in ihrem Leben? Diesen und alle anderen? Ob sie jetzt noch immer auf derselben Stelle steht? –
In Vinzelberg steigt ächzend eine betagte Bauersfrau ein. Sie hat einen Henkelkorb am Arm und einen Schuhkarton mit durchlöchertem Deckel in der Hand. In dem Korb wohnt unter einem Tuch ein Huhn, oder genauer gesagt, eine Glucke, die in langgezogenen Tönen singt. Der Karton enthält ihre ängstlich piependen Kinder. Die

Frau verbirgt den Korb und den Karton vorsichtig unter ihrer Bank, setzt sich hin, kreuzt die Arme vor der Brust und macht auf der Stelle ein Nickerchen. Dabei hängt der eine Zahn, den sie noch besitzt, aus der Ecke ihres Mundes über die Unterlippe heraus, und der Schlafsabbel läuft daran herunter. Ich stütze das Kinn auf meine Faust und sehe mir alles genau an. Ich fahre nicht oft mit der Eisenbahn.

Der Zug setzt seine Reise fort. Bald hält er, bald fährt er. Es ist ein Personenzug, der Fahrplan schreibt ihm seinen Weg vor.

Als er vor Miesterhorst plötzlich bremst, schreckt die Bauersfrau hoch.

Is das Miesterhorst? fragt sie.

Ja, ja!

Du meine Jiete, sagt sie und nimmt den Korb und nimmt, während der Zug bereits hält, den Schuhkarton, um auszusteigen. Aber da fällt der Boden des Kartons, den die Küken inzwischen mit großen und kleinen Geschäften durchweicht haben, in Fetzen heraus, und die Tierchen hüpfen wie gelbe Bälle zwischen den Menschen und Bänken umher. Die Bauersfrau schimpft, wir haschen nach den Bällen, der Stationsvorsteher kommt und erklärt, der Zug müsse abfahren. Aber sechs Küken sind bereits wieder ergriffen und in den Sack getan, den die Frau aus ihrem Rock gebildet hat.

Es sind'r aber siebene gewesen, greint sie, putt putt putt... tüht tüht tüht!

Ja, wo steckt das siebente?

Wir greifen unter die Bänke, durchstöbern das Gepäck, sogar die dicke Dame erhebt sich und schüttelt ihre Kissen und Decken aus, vergebens, das Küken bleibt verschwunden.

Fertig! sagt der Stationsvorsteher, wirft die Tür zu und winkt mit seinem Tellerchen.

Es geht weiter. Wir unterhalten uns über das verlorene Küken. Die meisten meinen, es sei durch die Tür hinausgewitscht. Die dicke Dame sitzt wieder da und liest in ihrem Buch. Nach einiger Zeit kommt Oebisfelde in Sicht. Sie klappt ihre Lektüre zu, sammelt ihre Bequemlichkeiten ein, schüttelt die Decke aus... Himmel, was liegt da auf der Bank, gerade dort, wo sie eben noch gesessen hat? Das Küken! Platt wie ein Pfannkuchen.

Aber da fängt die Dame an zu schreien, als ob sie geschlachtet werden sollte. Sie reißt die Augen auf, spreizt die Finger und zittert mit dem Fett unter ihrem Kinn. Sie beruhigt sich erst wieder etwas, nachdem ich das Küken zum Fenster hinausgeschmissen habe.

Die arme Frau! murmeln einige. Ich bedaure eigentlich das Küken mehr. Ach, im Grunde genommen sind sie wohl beide jämmerlich dran.

Vorsfelde... Fallersleben... Calberlah...

In Isenbüttel-Gifhorn öffnet ein feiner Herr die Tür und steigt elastisch ein. Er trägt Kragen und Schlips, sein Haar ist gescheitelt, seine Nase spitz. Er schließt sofort alle Fenster auf der rechten Seite des Wagens und belehrt uns, daß sonst ein Durchzug entstünde, dessen Gefahr für Hals, Nase und Ohren eines jeden Menschen gar nicht abzuschätzen sei.

Auch muß man, so belehrt er uns weiter, auf die Ventilation an der Decke achten. Diese hier ist zum Exempel unbedingt zu schließen. Erlauben Sie, bitte! So! Noch eins: Wo befindet sich in diesem Abteil die Notbremse? Dort und dort, aha! Ich bin befriedigt.

Er breitet ein Taschentuch auf seinem Platz aus und setzt sich nieder. Dann betrachtet er nacheinander die Decke, die Wände, den Fußboden.

Sieh da, sagt er und hebt lächelnd etwas auf. Wer von den Herrschaften vermißt seinen Fahrtausweis?

Wir fassen in unsere Taschen, einer holt seinen Hut herunter, aber jedermann findet seine Karte.
Auf der Toilette weilt niemand? fragt der Herr.
Nein.
Sehr wohl, dann wollen wir das Dokument lieber vernichten, damit niemand in Versuchung kommt, es zu mißbräuchlichen Zwecken zu benutzen.
Er zerreißt die graue Pappe kreuz und quer und läßt sie zum Fenster hinauswehen.
Nicht lange danach schwingt sich der Schaffner von außen herein und bittet um die Fahrkarten, die er bereitwilligst von uns allen erhält. Nur der elastische Herr kann seine nicht auftreiben. Er hat sie wohl gerade in die weite Welt gestreut.
Du lieber Gott, ich könnte tagelang in der Eisenbahn fahren!

Lampioon träumt umher

Denk dir nur einen Wald über Berg und Tal und eine unendliche Stille darin. Ich ziehe langsam hindurch. Das Laub raschelt um meine Schuhe. Zuweilen gehe ich auf den Zehen. Und da findet das eine und andere Ereignis statt.
Vorhin war noch Nacht unter den Stämmen, dann schwebte die Dämmerung herauf, nun scheint die Sonne und läßt den Dunst, der aus dem Waldboden steigt, in bläulichen Bahnen schimmern. Gibst du zu, daß das ein Ereignis ist? Ich finde, du könntest es ruhig zugeben.
Die Buchenwipfel sind über und über mit dicken Knospen versehen, da und dort zeigt sich auch etwas Grün, aber im ganzen sieht es noch kahl aus, da oben. Die kleinen Zweige indessen, die weiter unten gleich aus dem

grauen Stamm herauswachsen, haben ihre Blätter schon völlig auseinandergefaltet. Wenn die Sonne hindurchscheint, sieht es aus, als schwämmen lauter grüne und goldene Lichtstreifen in dem dunklen Meer des Waldes.

Mit einem Mal wird der Wald noch merkwürdiger. Ich gerate an eine Stelle, wo Seidelbast wächst. Du kannst dir keine Vorstellung machen, wie herb und betäubend es hier riecht. Über mir schwimmen die durchsichtigen Blätter in der Luft, sie sind nicht golden, sie sind fast weiß, und um meine Füße herum stehen diese kleinen Sträucher und haben auf ihre nackten Zweige lila Blüten gesteckt. Lila oder Purpur, wie soll man die Farbe nennen? Und weil ich keine Eile habe, lege ich mich mitten in den Seidelbast hinein und schließe die Augen. Allmählich höre ich, daß der Wald nicht gänzlich still ist. Dahinten dröhnt etwas, ein Wasser vielleicht, allerlei Vogelstimmen kommen näher und entfernen sich wieder, ein Blatt raschelt, es klopft irgendwo, ein trockener Zweig fällt herab, ganz in der Ferne donnert es dumpf, da haben sie wohl in einem Steinbruch einen Sprengschuß gelöst.

Für dich bedeutet es nichts, im Walde zu liegen und nach allen Seiten hin zu horchen, wie? Aber ich bin über diesen Punkt anderer Ansicht. Du magst es mir glauben oder nicht, aber ich höre in diesem Augenblick geradezu die Ewigkeit. In diesem knispernden Ton, der an mein Ohr dringt, wenn sich zum Beispiel eine Knospe im Wald öffnet, höre ich die Ewigkeit. Was sagst du nun?

Ich bleibe wohl über eine Stunde mit geschlossenen Augen dort im Duft des Seidelbastes liegen und habe Zeit, über jedes Geräusch nachzudenken. Aber wenn die Kohlmeise mit ihrem hohen Ziit durch die Stille fliegt, so ist das wie der dünne Strich, den eine Sternschnuppe in das samtene Dunkel des Himmels reißt.

Dann stehe ich wieder auf, pflücke mir eine Handvoll Zweige und schlendere weiter. Ich habe diese Nacht nicht gut geschlafen. Wenn mir die Sonne ins Gesicht scheint, tun meine Augäpfel weh, auf meinen Ohren liegt ein feiner Druck. Der Geruch, der aus den Seidelbastblüten steigt, macht mich ordentlich schwindelig. Ich sollte das Zeugs wegwerfen. Aber ich finde es in einer Weise wieder so angenehm, ein wenig krank und schwindelig über die Erde zu wandern.
Der Wald, in dem ich heute bin, heißt der Habichtswald. Wenn ich jetzt rechtsum machen und zwei Stunden geradeaus gehen würde, käme ich in die Stadt Kassel. Du mußt dich nicht wundern, daß ich das so ohne weiteres behaupte, aber ich kenne diese Gegend wie meine Hosentasche. Und wenn es dich interessiert, ich bin sogar in Kassel geboren. Als Junge habe ich oft genug über Sonnabend und Sonntag mit meinen Freunden den Habichtswald unsicher gemacht. Manchmal mußte ich natürlich auch mit meinen Eltern darin spazierengehen. Ich will heute nicht nach Kassel. Nein, ich will überhaupt nicht nach Kassel. Da ist mir einmal etwas passiert, wie soll ich mich ausdrücken... ich habe da einmal... Kurz und gut, ich möchte heute nicht über die Sache reden. Quäl mich nicht! Morgen vielleicht, in acht Tagen vielleicht, vielleicht auch nie. Was ist noch schöner und geheimnisvoller als ein Wald im April mit Sonne und aufbrechenden Knospen und Duft von Seidelbast? Komm ein bißchen mit mir, wir wollen einmal in dies Tal hinuntergehen, da werden wir gleich etwas zu Gesicht bekommen, etwas... Siehst du wohl, das Helle da zwischen den Stämmen! Ein kleines Schloß! Wie verloren es doch in diesem Buchengrund liegt! Rechts steht eine Wasserkunst, ja, das Graue da, eine Grotte. In den Gebüschen dahinter habe ich einmal Ostereier gesucht. Wenn meine Eltern sonntags ihren Spaziergang machten, bekam ich

eine Botanisiertrommel mit Kuchen umgehängt und einen Spazierstock mit einem Griff aus Elfenbein in die Hand. Ich mußte auch einen steifen Kragen um den Hals legen. Was waren das für Zeiten!
Aber jetzt klettere ich über die Parkmauer, schleiche die geschwungenen Wege hin, am Teich vorbei und um das Schloß herum. Nichts rührt sich. Die Jalousien sind herabgelassen, die Fensterläden vorgeklappt. Und der Kastellan, oder wer da nun wohnt, schläft wohl noch. Es ist vielleicht sieben Uhr. Schloß Wilhelmsthal im Habichtswald. Schöner und geheimnisvoller? Man kann das so schlecht vergleichen. Aber es ist sicher auf seine Weise unsäglich schön und geheimnisvoll.
Ich steige die Freitreppe hinauf und rüttele vorsichtig an einem Fensterladen, den ich von der Rampe aus erreichen kann. Er gibt nach, ich presse mein Gesicht an die Scheiben und gucke in das Schloß hinein. Ein geheimnisvolles Zimmer. So lautlos, so dämmerig. Die Wände sind mattgrün. Davor stehen gebogene Stühle und Sofas aus hellem Holz mit ein bißchen Gold daran und ganz verblichener Seide, mattgrün auch sie. In der Ecke schimmert ein polierter Schrank. Darauf erhebt sich ein Papagei aus weißem Porzellan mit gelbem Kamm. Hinter ihm steigt ein Spiegel in die Höhe, der Papagei guckt hinein und sieht sich darinnen noch einmal in weiß und gelb. Und um den Spiegel herum läuft ein goldener Schnörkel. Alles so leicht, so schwebend. Und dann spielen da an der Decke hin und oben über der Tür goldbetupfte Kinder mit Tieren und Körbchen. Auch hängen an den Wänden Flöten und Geigen herab, so lustige Bündel, mit rosa Schleifen zusammengebunden. Dort sind es Flöten und Geigen, hier Degen und Flinten und da ein paar Zweige um einen Vogelbauer herum. Das hängt so nieder, Girlanden schlingen sich von einem zum andern, Vögel sitzen drin, und über alles ist wieder ein Hauch

von Gold gestäubt. Und von der Decke senkt sich leise ein gläserner Leuchter in den Schimmer hinein, hängende Tropfen und Perlen, gleichsam aus nichts gemacht, nur aus ein bißchen Gefunkel.
Ich habe schon viele wundersame Dinge auf dieser Welt gesehen, einen Wald voller Spinnweben mit Tau daran, ein vollständiges Bergwerk in einer Flasche, richtige Schächte mit Männern, die hackten, und kleinen Wagen, die hin- und herfuhren, alles in einer Flasche, ein Flugzeug, das bis in die Wolken stieg und sich überschlug und so weit wegflog, daß wir es nicht mehr mit unseren Augen erkennen konnten, das habe ich schon alles gesehen, aber ich glaube, dies Schloß, dies seidene und gläserne Zimmer, nein, daß so etwas Wundersames von Menschenhänden hergestellt werden kann!
Und du meinst wohl auch, daß es sich so verhält. Heute kann nichts Schöneres mehr kommen. Oh, es gibt aber Tage, die sind wie... von einer sanften Musik durchflutet. Und die Musik wird immer süßer und immer noch ein wenig süßer. Glückstage. Tage voll Duft und Wehmut. Man ist so empfindlich gegen jeden Klang und jeden Schimmer von Farbe. Die Augäpfel tun einem weh, die Gedanken beben so krank hinter der Stirn. Wer weiß, was sich noch ereignen will.
Ich springe von der Rampe herunter und trete etwas zurück, um mir das Schloß noch einmal in seiner ganzen Gestalt anzusehen. Eigentlich ist es außen beinahe ebenso zart ersonnen wie innen. Diese Schnörkel über den Fenstern, einer in den andern fliegend, die Girlanden, die Balkongitter, das zierliche Portal da links mit dem Wappen und den runden Treppenstufen, auch hier außen schwebt alles. Ich lege den Kopf etwas schief und habe die Hände auf dem Rücken. Und in der einen Faust halte ich den Strauß von Seidelbast. Ich betrachte das Schloß. So weiß und still steht es nun schon all die Jahrhunderte

da. Bewegt sich da nicht jemand hinter der Jalousie und sieht zu mir heraus? Nein, doch nicht! Der Seidelbast duftet an meinem Rücken herauf, die Bäume des Parks sind wie ein graues und grünliches Gewölk, die Sonne rieselt hindurch. Ich spitze die Lippen und wehe ein bißchen Luft heraus, es pfeift nicht, es summt nur. Es gibt ja so Augenblicke, in denen man nichts denkt und nichts weiß, nicht wahr, man erblickt nur die Welt um sich her und steht da wie im Traum und läßt alles geschehen. So ist es jetzt mit mir.

Da erhebt sich die Musik dieses Morgens zu ihrer letzten Süße. Das Portal öffnet sich, eine junge Dame schlüpft heraus. Sie war es wohl, die sich hinter den Jalousien bewegte. Und nun hat sie ein winziges Hütchen mit Heckenrosen und einer kleinen Pfauenfeder auf dem Kopf, ganz vorn. Es sitzt so schräg, daß es aussieht, als fiele es gleich herunter, ihr Kleid ist wasserblau mit einem Schimmer von grauem Silber, sie trägt einen kurzen Rock und seidene Strümpfe. Meinst du, ich zöge mich jetzt zurück? Bewahre! Ich bleibe ruhig stehen und sehe ihr zu, ich wundere mich nicht einmal. Sie steigt mit langsamen, geräuschlosen Schritten die Treppe hinab und gleitet geradenwegs auf mich zu. Ihre Schuhe sind wieder aus Silber. Ich bleibe immer noch ruhig stehen, ich zwinkere nicht einmal mit den Augen. Aber sie ist so unglaublich vornehm, wie sie da auf mich zugleitet, daß ich mich sozusagen in Gottes Hand befehle. Ein wenig Haar hängt blond und wehend an ihrer Schläfe.

Und als sie nun nahe genug gekommen ist, hält sie an, einen Schritt von mir entfernt, schiebt die Fingerspitzen vorn in ihren Gürtel, beugt sich ein wenig vor und sagt: Nun, mein Herr?

Ich stoße ihr, ohne mich auch nur einen Augenblick zu besinnen, meine Faust mit dem Seidelbast entgegen: Da!

Sie fährt erschrocken zurück und wölbt ihre Augenbrauen hoch. Aber dann lächelt sie gleich und nimmt den Strauß an. Ihre Knie wippen eine Kleinigkeit nach vorn, was wohl einen Knicks bedeuten soll: Danke schön, mein Herr!

Jetzt ist es an mir, die Unterhaltung fortzuführen. Und was kann ich anderes tun, als auch meinerseits die Fingerspitzen von oben in die Westentaschen zu stippen, mich vorzubeugen und zu fragen: Nun, mein Fräulein?

Kehrt sie mir daraufhin etwa den Rücken und geht weg? O nein! Sie sieht sich um, wischt geschwind mit ihrer Zunge über die Lippen und... und tupft mir einen Kuß auf die Nase: Da!

Ich sage leise: Danke schön, Fräulein Prinzessin!

Und da... da neigt sie sich, so wahr ich lebe, mir noch einmal entgegen und fragt noch einmal:

Nun, Herr Landstreicher?

Ich lege meine Arme um sie und küsse sie auf den Mund. Und sie öffnet ihre Lippen und drängt sich an mich heran, eine lange, lange Sekunde lang. Aber dann fängt sie an zu zappeln und reißt sich los.

Ich glaube, du bist verrückt! ruft sie.

Und wipp wipp wipp ist sie die Treppe hinaufgesprungen. Zipp, zipp, zipp, winkt sie mir mit dem Seidelbast noch einmal zu. Bauz, fällt die Tür ins Schloß...

Du willst wissen, wie es nun weitergeht.

Es geht nicht weiter. Ich habe mich etwas mit ihr unterhalten. Und damit gut.

Und was bedeutet das ganze Geschwätz? Prinzessin sagst du? Ich verstehe kein Wort von alledem.

Nichts. Es bedeutet wirklich nichts. Du mußt es nicht so ernst auffassen. Ich träume ein wenig umher, ich bin ein wenig schwindelig. Es bedeutet nichts. Beinahe nichts. Man geht frühmorgens auf den Zehen im Wald umher und befaßt sich mit lauter Nichtigkeiten. Man legt sein

Ohr an einen Buchenstamm und hört da drinnen die Säfte perlen, man küßt eine Prinzessin auf den Mund, hinterher schämt man sich, daß man nicht einmal seine Mütze abgenommen hat.

Zwei Mörder lieben das Leben

Es ist Mai geworden, und ich besitze wieder allerlei Habseligkeiten. Wenn ich meinen Pappkarton aufmache, so liegt da eine Schere drin, ein Stück Seife, ein Handtuch, eine Wichsbürste, ein Katalog von Damenmoden und einige Zeitungen. Ich bin wieder obenauf! Ich bin beinahe ein gebildeter Mensch.

Jeden Morgen nehme ich zum Beispiel eine von meinen Zeitungen vor und studiere darin herum. Dann kann ich mir nachher, wenn ich auf der Landstraße weiterreise, alles durch den Kopf gehen lassen, was ich gelesen habe. Wie es mit den Kartoffelzöllen gehalten werden soll, weiß ich wohl nicht mehr genau, ich bin daran nicht besonders interessiert. Die Zeitung ist übrigens vom März, und wir schreiben heute bereits den zweiten Mai. Aber wenn ich eine so spannende Geschichte entdecke wie heute morgen, dann denke ich den ganzen Tag darüber nach. Unter Umständen bleibe ich mitten in einem Dorf stehen und fange an zu lachen. Heute morgen habe ich folgende Geschichte entdeckt:

> Heckershausen, 13. März. – Pech. – Ein Liebespaar, das sich anscheinend viel zu sagen und zu diesem Zweck den Schweinestall aufgesucht hatte, wurde von dem Besitzer desselben ahnungslos in denselben eingeschlossen. Ein nächtlicher Passant hörte das verzweifelte Klopfen der eingeschlossenen Liebesleute, und befreite derselbe sie aus ihrer unangenehmen Lage.

Und so etwas setzen sie hierzulande in die Zeitung! Gott soll mich bewahren!
Ich komme von Camburg her gewandert, es ist nun Abend, der Weg drängt sich um einen Bergvorsprung herum, von rechts hängt Wald und Holunder nieder, links sinken Wiesen ab, silbrige Weidenbäume, die Saale strömt dahin, am anderen Ufer liegt Wismar. Und genau an dieser Stelle auf der weiten Welt fliegt mir, als ich eben denke, ob der nächtliche Passant nicht etwa ein Nebenbuhler war und all die Schande aus lauter Eifersucht eigenhändig in die Zeitung gebracht hat, lautlos eine Mücke ins Auge. Ich klemme meinen Pappkarton zwischen die Beine, ziehe das Augenlid herunter und warte, daß die kleine Bestie wieder rauskrabbelt. Aber sie bleibt drin und krallt sich da gewissermaßen an den Nerven fest. Vielleicht pinkelt sie auch vor Schreck vor sich hin. Es ist, als hätte ich geradezu einen Tropfen Säure ins Auge gekriegt. Und als ich anfange, vorsichtig daran herumzureiben, wird es natürlich nur noch schlimmer.
Ach verflucht!
Ich lasse meinen Karton fallen und renne im Kreise herum, ich bete auch alle großen Worte her, die ich kenne, aber es hilft nichts. Zum Glück zeigt sich, gerade als ich im Begriff bin, mich diese Wiese hinunterzukollern, da vorn an der Waldecke ein Mensch, an den ich mich wenden kann, ein Kollege sogar, soviel ich sehe. Er hat keinen Hut auf und geht barfuß. Ich tappe auf ihn zu und sage: 'n Abend, Kollex, wisch mir doch mal diese verdammte Mücke raus!
Er tritt ohne weiteres an mich heran, biegt meinen Kopf zur Seite und fährt mit dem Nagel seines kleinen Fingers über mein Lid. Ich schiele ihn an und sehe, daß er borstige Brauen und eine gewaltige Nase hat. Das Weiße seines Auges spielt ins Gelbliche. Ich sehe sein Auge so groß und durchsichtig vor mir, die Wimpern, die roten Äder-

chen, die braun und grau gefleckte Iris, die samtene Pupille, dies feuchte Organ voller Leid und Gedanken, das Auge eines Menschen.
Wie es eigentlich kommt, kann ich nicht sagen, aber mit einem Mal ist sein Blick nicht mehr auf die Mücke gerichtet, sondern mitten in meinen Blick hinein. Wir starren uns ganz dicht an, er läßt das Wischen, und da ist es wie Mystik zwischen uns. Jeder wittert wohl in dem anderen etwas, jeder hat wohl etwas zu verbergen. Wir sind zwei erwachsene Männer mit mancherlei Taten unter dem Himmel. Unsere Blicke werden eisern, werden flimmernd vor Anstrengung, sich gegenseitig auszuhalten, aber es geht nicht, es... geht... nicht... Es ist so merkwürdig, daß wir genau gleichzeitig nachgeben. Ich kann sagen, der Schmerz wird so stark, daß ich die Beherrschung über meinen Blick verliere, ich kann ebensogut sagen, diese Schamlosigkeit mit einem fremden Manne so unnatürlich nahe Auge in Auge zu sein, nimmt mir die Besinnung. Etwas Derartiges läßt sich kaum beschreiben. Manche können, und wenn sie auch Kerls von Granit sind, in irgendeiner Stunde ihren Mund nicht halten und schwatzen ihr tiefstes Geheimnis aus. Manche können die Augen nicht halten... Wir ertragen alle miteinander die Einsamkeit nicht... Aber der fremde Mann und ich, wir können die Augen nicht halten. Unsere Blicke geben nach und senken sich trüb ineinander. Eben waren sie noch eisern vor Mißtrauen, aber nun senken sie sich schamlos ineinander, die Welt um uns her erlischt. Und da... erkennen wir uns.
In der Tiefe unserer Augen, in dieser geheimnisvollen Nacht, erkennen wir uns, stumm wie zwei Tiere.
Du auch, denke ich traurig, du hast das auch einmal tun müssen!
Und er denkt sicherlich dasselbe.
Es dauert nur eine Sekunde, dann gleiten unsere Blicke

wieder seitwärts. Keiner sagt ein Wort. Er putzt, als wäre nichts gewesen, seinen kleinen Finger an der Hose ab und versucht von neuem, die Mücke zu entfernen. So, da hat er sie schon auf dem Nagel.
Ach je, seufze ich, sieh mal an, so ein Aas!
Jetzt sollten wir wieder weiterwandern, er dahin, ich dorthin. Aber wir zögern. Was hat sich denn ereignet? Nichts. So gut wie nichts. Wir zögern. Im Grunde genommen hat sich vielerlei ereignet.
Wo willst du denn drauflos? frage ich.
Er zuckt mit den Schultern. Wir stehen uns gegenüber und vermeiden es, uns anzusehen.
Er sagt: Und du?
Ich antworte: Nach Stuttgart, soll eine schöne Stadt sein.
Da nickt er und geht mit mir.
Es riecht so säuerlich aus dem Wald und Gesträuch heraus. Neben dem Wege wächst Schierling. Wir wissen nichts miteinander zu reden. Aber als uns ein Bauer begegnet, fangen wir beide an zu pfeifen, leise.

Rings um Lauffen herum ziehen sich in weitem Bogen Hügel und Weinberge. Da oben haben wir uns gelagert, mein Kamerad Oskar und ich. Wir liegen in einem verwilderten Gärtchen nackt zwischen Goldnesseln und Gräsern. Das Sonnenlicht dröhnt herab, die Luft über dem rosafarbenen Erdreich zittert, ein grauer Schimmer von ersten Rebenblättern schwebt überm Hang. Aber aus dem Tal treiben der Zimtduft der Birnenblüten und die süße Wärme von den Apfelbäumen herauf und langsam über uns weg. Meine Glieder werden so schlaff, ich habe wahrhaftig nicht mehr die Kraft, die Fliege, die sich auf meinen Bauch setzt, wegzujagen. Ich liege da wie ein alter Baumstamm, der allmählich zu Erde zerfällt. Ameisen steigen über mich weg, ein blauer Schmetterling ruht sich auf mir aus, neben mir wächst eine Goldnessel.

Aah jaah, das ist ein Leben nach meinem Sinn!

Bim baum... Glockenschlag vom Neckar herauf... Sonntag...

Jede Blüte der Nessel sieht wie eine winzige Kanzel aus mit einem Baldachin darüber.

Mein Kamerad liegt neben mir und ist mit sich selbst beschäftigt. Er greift von Zeit zu Zeit an seinem Kinn herum und schneidet sich mit meiner Schere die Bartstoppeln weg. Aber unter der Nase läßt er einen struppigen Schnurrbart stehen, und auch an der Unterlippe verschont er ein Büschel dunkler Borsten. Das ist nun einmal die Tracht von seiner Visage. Sonst gibt er ja nicht viel auf sein Äußeres, aber an seinem Gesicht wurschtelt er ununterbrochen herum. Vielleicht hat er einen guten Grund, seinem Gesicht vor den Landjägern und Gendarmen ein besonderes Aussehen zu verleihen. Vielleicht hatte er früher ein ganz anderes Gesicht. Ich frage ihn nicht danach.

Jetzt sind schon zwei Wochen vergangen, seit wir uns an der Saale getroffen haben. Wir wandern zusammen und putzen da und dort die Klinken. Nachts schlafen wir. Keiner erzählt dem anderen etwas von sich. Was wissen wir voneinander? Großer Gott, wir wissen genug! Aber wenn wir uns denn einmal über etwas unterhalten, so bin ich es immer, der das Wort führt.

Dieser Schuppen wäre mir schon recht für die Nacht, was?

Er sagt: Ja.

Bleib mal stehen, ich sehe da hinter dem Zaun so einen zarten Salat. Wollen wir uns den mitnehmen?

Dann bleibt er stehen und antwortet: Ja.

Ich glaube, er macht sich nichts mehr aus dem Leben. Es gibt ja einige, die kommen nie darüber weg. Er ist wohl so einer. Dann hätte er sich ja aufhängen können, ich weiß nicht...

Wenn ich heutigentags auch gerade keinen feinen Anzug trage, so habe ich doch manchmal Nadel und Faden in meinem Karton und passe auf, daß meine Lumpen gut in Schuß bleiben.

Aber er läßt alles verderben. An seinem Hosenschlitz befindet sich nicht ein einziger Knopf mehr, oben hat er ihn mit Draht verschlossen, als Träger benutzt er zwei Zukkerstricke. Und wie hat er es mit seinen Schuhen gehalten? Als sie kaputt gingen, hat er nicht bei einem Meister vorgesprochen und sich darum gekümmert, daß sie wieder in Ordnung kamen. Bewahre! Weg damit! Sein Hut? Weg damit! Dahin, weg, laß nur, ja, ja!

Aber es tut doch gut, ihn neben sich zu haben, nachts. Wir träumen wohl ganz ähnliche Träume. Die Sache ist ganz einfach die, daß man... daß eben kein Mensch ganz und gar darüber wegkommt. Ich auch nicht. Manchmal schmiegen sich auch zwei Tiere in der Wildnis aneinander.

Oskar Nissen, mein Kamerad.

Eines Sonntags liegen wir in den Weingärten über Lauffen und schweigen vor Duft und Betäubung.

Vorhin habe ich Oskar die Geschichte von den Liebesleuten im Schweinestall erzählt, aber er hat nicht gelacht. Was in meinen Zeitungen steht, interessiert ihn nicht die Spur. Er denkt seine eigenen Gedanken. Jeden zweiten, dritten Tag hat er Kopfschmerzen.

Es kann sein, daß ich auch etwas berauscht bin von all dem Gift, das die Mücken mit ihrem Stachel in mein Blut gespritzt haben. Gerade neben meinem Ohr sirrt eine. Ein dünner, glasheller Ton. Sie sirrt und sirrt. Und das legt sich wie ein Nebel über mich. Ich werde so völlig eingehüllt in diesen dünnen Ton, daß ich gar keine richtige Besinnung mehr habe.

Siiii... singt die Mücke.
Oskars Stimme dringt langsam aus der Ferne zu mir her: Du... auf welche Weise hast du es eigentlich getan?
Siiii...
Und ich höre, wie ich ebenso langsam antworte: Warum willst du das denn wissen?
Wie ich dich da so nackt liegen sehe, muß ich an was denken.
Übrigens: getan? Was?
Oskar lacht kurz auf. Es klingt so verächtlich.
Ich schäme mich. Er hat natürlich recht, wenn er über meine alberne Frage lacht und mich verachtet.
Siiii...
Du, Oskar!
Hö?
Die Schere knipst ruhig weiter.
Soll ich dir mal die ganze Geschichte erzählen?
Er antwortet nicht.
Ich sage: Bei Licht betrachtet ist es nämlich mehr eine Geschichte zum Lachen...
Hm.
Stell dir vor, ich habe nie ein Wort mit ihr gesprochen. Einmal konnte ich ihre Beine anfassen. Sonst nichts.
Ein Weib?
Erna. Ich war damals vierzehn Jahre alt, in Kassel bei Konrad Holzmann und Companie, Spedition.
In Kassel?
Ja. Warum?
Dann sind wir beinah Landsleute.
Wo kommst du denn her?
Ein Weib... Daß du mit fünfzehn Jahren... Ich wenigstens... Bei einem Weibe geht es so schwer.
Nein, ich habe doch Tilken... ich habe einen anderen... Die lebt vielleicht heute noch, Erna.
Tilken sagst du?

Ich will dir mal die Geschichte von Anfang an erzählen.
Oskar sitzt neben mir, ich liege längelang im Gras und habe die Augen geschlossen. Siiii... Nach einer Weile fange ich an, zu erzählen. Ich erzähle in den blauen Himmel hinein.
Weißt du eigentlich in Kassel Bescheid?
Nein.
Dann kennst du auch die Fünffensterstraße nicht. Unser Prokurist hieß Büchmann, ein dicker Kerl. Du mußt dir das mal ausmalen, wie er da mit seinem Bauch vor dem Schreibtisch stand und auf einen Punkt starrte. Nun, mochte der Himmel diesen Punkt beschützen! Und dieser Punkt war ich.
Ich guckte aus dem Fenster. Jeder bibberte vor Arbeit, selbst der Alte rauchte eine Zigarre und schob einen Kunden in sein Privatkontor, und ich erlaubte mir, mit meinen fünfzehn Jahren, aus dem Fenster zu gucken. Heiligkreuzdonnerwetter!
Draußen war eigentlich nichts los. Ein Sprühregen wehte durch die Straße, allerlei Schirme wanderten über das nasse Pflaster, was brauchte ich da also rauszugucken, nicht wahr. Na gut! Nun saß aber gegenüber bei F. W. Werner ein Tippfräulein mit einem schwarzen Wuschelkopf am Fenster. Sie hatte ein dunkelblaues Samtmieder an. Du glaubst nicht, wie das war, wenn sie sich so lautlos hinter der Scheibe bewegte. Ihre Hände hüpften auf der Schreibmaschine umher, fuhren erschrocken in die Höhe und sanken wieder herab, so lautlos, so weich. Wenn ich sie eine Zeitlang angesehen hatte, dann überkam mich so ein Glück... so ein Gefühl... Bist du schon einmal im Theater gewesen?
Hm.
Weißt du, wenn sich da die Musik so fremd und... und wehmütig aus der Dunkelheit erhebt... so ein Gefühl

überkam mich. Ein Schauer die Brust hinab. Ich hätte sie stundenlang ansehen können. All mein Leben lang! Aber plötzlich fühlte ich hinter meinem Rücken was Kaltes, ich drehte mich um und blinzelte. Da waren Herrn Büchmanns unerbittliche Augen auf mich gerichtet. Was dachte er? Ich wußte es ganz genau. Wie miserabel der Junge sich wieder hält, dachte er, der Schlips schief, kein Knopf an der Jacke, ohne Interesse, unsauber, hoffnungslos! Gestern hat er einen Brief nach Österreich falsch frankiert. Herrgott ja!
Guten Morgen, mein Sohn, sagte er laut, komm doch mal her!
Die Schreibmaschinen hörten auf zu knattern, es wurde totenstill.
Siiii...
Hörst du eigentlich zu?
Ja.
Oder hast du heute wieder Kopfschmerzen?
Nein. – Kopfschmerzen? Ja, etwas.
Ach ja, ist das eine Hitze! Was ich sagen wollte... am ersten Oktober erschien Tilken in unserem Kontor. Erst donnerte ein Motorrad die Fünffensterstraße her, dann erschien Tilken in der Tür. Beliebt? sagte er. Tilken ist mein Name, Buchhalter Karl Tilken.
Er stülpte mir seine große Sportmütze über den Kopf, vollbrachte mit der Zunge einen Knall und sagte: Auch sind Sie ersucht, selbiges an seinen Ort zu schaffen! Alles lachte. Dann fläzte er sich an sein Pult und arbeitete. Punkt eins entnahm er seinem Etui eine Zigarette, legte sie über den Handrücken und schlug sich auf das Gelenk, witsch, da saß die Zigarette in seinem Mund. Darauf zog er das Zündholz brennend aus der Tasche, worüber wir uns alle wunderten, und ging davon. Nach drei Minuten donnerte er wieder die Fünffensterstraße entlang.
So ein Kerl war er also, und so großartig trat er auf. Er

konnte es sich ja leisten. Wenn du auf der Holländischen Straße aus Kassel hinausgehst, dann liegt da rechts im Tal, nicht weit von der Faßfabrik, die Holländische Mühle. Da wohnten seine Eltern. Er fuhr jeden Abend mit seinem Motorrad raus. Gott, ich hatte zuerst nichts gegen ihn.

Aber eines Nachmittags entdeckte er, als er mal aus dem Fenster sah, gegenüber das Fräulein mit dem blauen Mieder. Sie saß gerade da und faulenzte ein bißchen. Er verbeugte sich und winkte, aber da schreckte sie hoch und machte sich schnell an ihre Arbeit. Damals stand mein Tisch in der Fensterecke, und ich konnte alles beobachten.

Frau Knieriehm, sagte Tilken, haben Sie die Güte, die Tür zu schließen. Ich fürchte für meine Gesundheit.

Gesundheit? Ich wille ma saachen...

Es zieht, Frau Knieriehm.

Bei Ihnen zieht's au, aber in'n Koppe.

He, du! sagte er zu mir. Hopp!

Da warf ich die Tür zu.

Dann telephonierte er bei F. W. Werner an. Aber ich glaube, es meldete sich eine männliche Stimme, denn er legte den Hörer leise wieder auf und knallte nachdenklich mit der Zunge.

Eine halbe Stunde später schnippelte er mit der Schere an einem roten Mahnzettel herum und schob ihn in seine Brusttasche. Dann trat er summend ans Fenster. Da... jetzt guckte das Fräulein wieder einmal her. Er griff an seine Brust, verfiel in eine schmerzliche Grimasse und zog plötzlich ein großes rotes Papierherz hervor. Das Fräulein guckte leider noch immer. Zisch... da schoß Tilken seinen Federhalter durch das Herz und ließ es zittern und zucken. Das sollte wohl Liebe bedeuten oder dergleichen. Das Fräulein winkte ein anderes Fräulein herbei, und dann wollten die beiden sich totlachen. Aber wenn du meinst, daß Tilken nun genug gehabt hätte, so irrst du dich. Er malte auf einen weißen Bogen mit Blaustift ein großes N und hielt es dem Fräulein hin. Dann kam ein A, dann ein M, dann ein E und zum Schluß ein Fragezeichen. Das Fräulein preßte ihr Taschentuch vor den Mund und schüttelte den Kopf. Aber Tilken legte die Hände zusammen und machte bitte-bitte und weinte. Und wahrhaftig, nach einer Weile drückte das andere Fräulein ein Papier an die Fensterscheibe, darauf stand in allmächtigen Buchstaben: ERNA. Aber Tilken gab sich immer noch nicht zufrieden. Er schwang die Arme und weinte wieder. Endlich erschien das zweite Blatt: VOGEL.

Da strahlte Tilken und verbeugte sich und rieb sich die Hände. So so, sagte er und griff nach dem Telephon. Jetzt brauchte er keine männliche Stimme mehr zu fürchten. Er räusperte sich gleichgültig: Hier wäre Doktor Tilken, hom, ob es wohl anginge, daß er Fräulein Vogel einen Augenblick sprechen könne und so weiter.

Doktor Tilken! rief Frau Knieriehm. Sie Bloosrohr!

Aber er winkte, sie sollte ihn gefälligst in Ruhe lassen.

Ich saß in meiner Ecke und riß die Augen auf. Wie entsetzlich schnell das doch alles ablief! Da konnte ich nicht mit. Bei mir war es immer so, daß ich abseits stand und zusah, wie sich die Dinge in der Welt ereigneten. Wenn ich über die Straße ging, wußten alle Menschen, was sie wollten, nur ich wußte es nicht und trieb hilflos in dem Getümmel umher. Die Wolken zogen dahin, die Straßenbahnen nahmen ihren Weg, das kam mir alles so fremd vor. So war ich damals. Aber dieser Tilken schwamm im Leben umher und schnellte sich empor, wie er Lust hatte. Nein, da konnte ich nicht mit. Wenn man fünfzehn Jahre alt ist und so etwas erleben muß, tut einem das schrecklich weh.

Guten Tag, verehrtes Fräulein, sang Tilken... Be-

liebt?... Na, raten Sie mal... Haha, natürlich!... Ne, Tilken, einfach Tilken... Beliebt?... Ach so! Karl... K-a-r-l... Ja... Ich bitte Sie, verehrtes Fräulein Vogel, wie sollte ich denn sonst... Haha. Hören Sie mal, wann machen Sie denn drüben Schluß? Heute abend meine ich... Toll, wir auch! Könnte man da nicht... Was heißt, auf keinen Fall? Aber mein bestes Fräulein Erna...!
Er schlug sich auf die Brust, er lachte ein bitteres Gelächter, er drückte die Augen zu und säuselte widerlich gegen die Decke, er bückte sich nieder, knallte mit der Zunge und geriet in Entzücken. Er war so unglaublich widerlich.
Selbstverständlich... selbstverständlich!... Bon, ich danke Ihnen... Schluß.
Nun legte Frau Knieriehm los: Do mißte me jo'n Schutzmann holen vor diß Mannsbild do! Und das arme Mädchen hippet denn au richtig in sin Geschicke wie'n blindes Huhn. Das Dingen is gut!
Ein blindes Huhn soll man nicht vor die Säue werfen, gute Frau.
Du siehst, ihm war in keiner Weise beizukommen. Er klappte sein Buch auf und ging wieder an die Arbeit.
Sie scheiwer Bülwes Sie! schimpfte Frau Knieriehm. Anstatt daß Se sich vor dissem Jingelchen hier en bißchen schämen dähten, bewahre! Wenn ich Ihre Mutter wäre, ich nähme minen Lätschen und haute Ihnen rechts un links einen an'n Baahnhof, daß Se de Engelerchen in'n Himmel pfiffen heerten. Honn Se mich verstannen?
Ne, sagte Tilken.
Ich hockte in der Ecke und kaute an meinen Nägeln, ich schudderte am ganzen Leibe.
Als Tilken eine Seite heruntergerechnet hatte, sah er sich nach mir um. Mensch, wir arbeiten uns hier kaputt, und du träumst von Lutschbonbons. Opfere dich auch mal

fürs Geschäft! Hier sind fünfzig Pfennige, los, schaff Bier herbei! Husch, husch!
Als ich das Geld nahm, merkte ich, daß ich mir die Finger blutig gebissen hatte. Du mußt bedenken, was für eine Rolle das Fräulein in meinem Leben spielte. Wenn sie nicht mehr da war... ich konnte überhaupt nicht mehr leben. Nachts stellte ich mich in meinem Bett aufrecht hin, fiel nieder und küßte mein Kissen vor Verlangen nach ihr. Ich war noch so dumm in der Liebe. Kurz und gut, ich will mal von mir ganz absehen. Aber du sollst die Tatsachen hören. Einfach die Tatsachen.
Da haben wir in Kassel die Aue, nicht wahr. Oben steht das Theater und die Gemäldegalerie an der Bellevue, unten ist die Aue mit Bäumen und Wassergräben. Die Karlsaue an der Fulda.
Es herrschte schon Dämmerung so feucht am Grunde hin. Nur die Wipfel der höchsten Bäume, die eben noch von der Abendsonne getroffen wurden, glühten auf. Ich sage dir, wie der Ahorn aus der trüben Tiefe hervorstieg und plötzlich leuchtete und so still und golden vor dem Herbsthimmel stand, wunderbar! Dahinten lag die Orangerie, ab und zu schimmerte ein weißes Standbild durchs Gebüsch. Ich sehe das alles noch so richtig vor mir...
Tilken und Erna schlenderten einen Weg entlang, der am Küchengraben hinführte. Über ihnen wölbten sich Lindenzweige und Holunder. Ein leichter Nebel rauschte empor, hoch empor bis über die Baumwipfel, bis da oben hin, wo ihn die Abendsonne rötlich machte.
Tilken spazierte mit seiner Sportmütze darunter hin, als wäre das alles gerade gut genug für ihn und sein Mädchen. Er bot Erna den Arm, und sie nahm ihn auch. So weit waren sie schon miteinander gekommen.
Aber zwanzig Schritte hinter ihnen schob ich mich am Gebüsch hin. Ich hatte den Mund auf und horchte, ich

schlich und duckte mich. Wenn du mir damals begegnet wärst und mich gefragt hättest, was ich hier eigentlich wollte, so hätte ich es nicht gewußt. Ich mußte in meiner Not hinter dem Fräulein her schleichen. Ich mußte das eben tun. Und wie ich sie da vor mir sah, ihre Beine, ihre Hüften, die sich unter dem Mantel abzeichneten, ihre Schultern, ihren Hals, da... O Gott im Himmel, es tat mir alles so weh! Sie wiegte sich neben ihrem Freund hin, herrlich geschaffen aus Duft und Schönheit, so federnd, so verliebt, so voller Vornehmheit und Anschmiegung. Tilken legte seine Hand auf ihre Hüfte, sie schüttelte sie nicht ab, sie drängte sich sogar noch ein bißchen enger heran. Und dann blieben sie stehen, Tilken beugte sich vor ihr Gesicht und sagte etwas. Aber es geschah nichts.

Die Bäume ließen den Tau abtropfen, und weil ich immer am Gebüsch entlang kriechen mußte, so schauderte ich vor Nässe. Die beiden blieben schon wieder stehen. Plötzlich sprang Erna zur Seite, erfaßte einen dünnen Baum und rüttelte einen Regen von Tau über Tilkens Sportmütze. Sie selbst witschte davon. Tilken mit seinen langen Beinen hinterher. Da hatte er sie schon gefangen. Sie keuchte und lachte, aber er drückte sie an sich, daß sie aufstöhnte und sich zurückbog. Dann küßte er sie.

Meine Knie sackten weg. Ich fiel auf die Erde und stand mühsam wieder auf. Jetzt mußte doch die Welt zusammenkrachen, ich mußte doch einen Herzschlag kriegen, irgend etwas mußte doch geschehen! Aber alles blieb ruhig. Die Blutbuchen ließen ihre Zweige ins Wasser hängen, ein paar Blätter fielen durch die Luft, die Nässe sikkerte an den Stämmen herunter. Niemand kümmerte sich um diesen Kuß in der Karlsaue.

Ich kroch auf eine Bank und legte mich hin. Was nun? Die Bank roch nach verfaultem Holz. Ich machte die Augen zu und wollte sterben, weil es für mich ja doch keine Hilfe mehr auf dieser Welt gab. Mir war so elend. Da näherten sich Stimmen... Schritte... Mein Herzschlag setzte aus, das Blut schoß mir in den Kopf, ich konnte mich nicht mehr bewegen, ich lag steif wie ein Stock auf der Bank, das Gesicht auf den linken Arm gepreßt.

Ich hörte, wie das Fräulein sagte: Du, Karl, ist da nicht wer?

Schmeißen wir runter!

Wenn ich nackt gewesen wäre, ich hätte mich nicht so geschämt wie jetzt. Sie kamen flüsternd herbei. Tilken tippte auf meinen Rücken: He, junger Mann!

Du, er schläft ja! Du liebe Zeit, ein Junge! Warum liegt er denn hier, Karl? Vielleicht ist er krank?

Sie setzte sich neben mich und strich vorsichtig über mein Haar. Ich drückte die Augen noch fester zu. Wer konnte das denn aushalten! Mit einem Mal knallte Tilken mit seiner Zunge: Hähä, das ist ja unser Stift! Dreh ihn mal rum. Er hat heute morgen beim Übertragen lauter Blödsinn gemacht, was braucht er hier zu liegen! Los, schmeiß ihn runter!

Aber wenn er nun krank ist oder so? Nein, das geht doch nicht!

Sie wurde ganz aufgeregt. Meine Hand fiel herab und tastete sich verwirrt an ihrem Bein hoch.

So, sagte Tilken, was hat er da eben gemacht! Jetzt muß ich ihn vor die Pistole fordern.

Er hakte seinen Stock in meine Hosentasche und wollte mich wegziehen. Aber ich zuckte auf und klammerte mich an Erna. Da riß Tilken denn doch die Geduld, er packte hart zu.

Also zum Donnerwetter noch mal!

Ich warf mich herum, und ehe er sich's versah, hatte ich ihn mit aller Kraft in die Hand gebissen. Und dann schlug und biß ich blindlings um mich. Das kannst du wohl verstehen, nicht wahr? Mit einem Wort, Tilken mußte vor Überraschung zurückweichen. Ich ihm nach, seine Mütze fiel auf die Erde, ich trat dagegen. Aber da hatte er sich gesammelt und stürzte zischend auf mich los. Er hatte sich wohl ein bißchen blamiert. Ein Junge, ein Kontorstift, hatte ihn zum Weichen gebracht und seiner Mütze einen Tritt versetzt. Er haute mir mit seiner blutenden Hand eine Ohrfeige runter, daß ich gegen die Bank flog, und dann kriegte er mich zu fassen und wollte mich übers Knie legen. Das wäre nun was gewesen, wenn er mich vor den Augen des Fräuleins übers Knie gelegt hätte! Ich trat ihn, wohin ich ihn nur treffen konnte, und wand mich von ihm weg. Aber er hielt mich hinten am Hosenträger fest, und als ich mich mit den Füßen von ihm abstoßen wollte, rissen die Knöpfe los, und unter dem Winden und Drehen rutschte die Hose runter. Da kam es wahrhaftig so weit, daß er mich halbwegs übers Knie zwängte mit seiner Kraft und mich auf den bloßen Hintern schlug. Und das Fräulein sah zu, wie ich auf den bloßen Hintern geschlagen wurde, daß es nur so klatschte.

Ich wehrte mich nicht mehr, ich ließ mich wie tot auf die Erde sinken. Es war vorbei. Tilken gab mir noch einen Stoß, dann ging er zu dem Fräulein hin.

Sieh mal, wie meine Hand blutet! Der Lümmel dürfte gar nicht mit dem Leben davonkommen.

Hier ist mein Taschentuch. Wir wollen gleich zum Arzt gehen! Herr des Himmels, Karl...

Haha, wenn es weiter nichts ist! Komm!

Ich lag an der Erde wie ein Hund, der nicht mehr weiter kann.

Wie schweigend der Abend um mich her war! Nur der Tau rieselte vorsichtig von Blatt zu Blatt, es roch nach Herbst und verwelktem Laub. Ich blickte zu den Bäumen empor und schüttelte kläglich den Kopf. Die Nässe drang durch meine Jacke, mein Hintern brannte. Da fing ich laut an zu heulen. Ich heulte über meine Schande, über meine Liebe, über meine Verlassenheit, über alles. Mochte es hören, wer wollte, meinethalben. Jetzt war ich verloren. Diese Schande, nein, diese Schande! Würdest du dich wundern, Oskar, wenn ich dir erzählte, daß ich damals nicht mehr leben wollte und ins Wasser gehen?

Ja, dann würde ich mich wundern.

Wieso?

Vor allen Dingen, weil du jetzt noch lebendig neben mir liegst. Und ferner bist du noch gar nicht dazu geschritten... es ist ja noch gar nichts passiert...

Da hast du wieder recht. Aber mir war damals ganz und gar zum Verrecken zumute, das kannst du mir glauben. Wenn ich mich nur daran erinnerte, daß das Fräulein meinen entblößten Hintern gesehen hatte... Mensch, ich fing an, Erde und Laub zu fressen vor Erniedrigung. Und ich hätte mich auch bestimmt umgebracht, wenn sich nicht mit einem Schlage ein wilder und schauerlicher Gedanke in mir erhoben hätte. So mit einem Schlage! Mein Herz klopfte, ich heulte nicht mehr, ich krallte eine Handvoll Sand zusammen und schleuderte sie in die Luft. Es überkommt einen wie Blitz und Donner. Du bist vollständig betäubt davon. Weißt du, was mich gerettet hat, was für ein Gedanke?

Ja.

Siehst du, da wollte ich mit einem Mal nicht mehr ins Wasser. Es riß mich hoch. Ich stand aufrecht da und taumelte. Nachdem ich ein paarmal aufgestampft hatte, band ich mir die Hosenträger als Gürtel um den Bauch. So, nun war ich fertig. Jetzt sollte sich dieser Tilken mit seinem Motorrad nur in acht nehmen! Ich brauchte weiter nichts zu überlegen, es war, als hätte ich mir das alles schon lange ausgedacht und hätte es nur nicht gewußt,

aber jetzt wußte ich es, der Plan stand so deutlich vor mir, keine Unklarheit, kein Zweifel, nichts. Rausch und Begeisterung. Wahrscheinlich habe ich sogar gesungen. Ich weiß es nicht mehr.
Ich fuhr mit der Elektrischen die Holländische Straße hinaus bis zur Endstation. Hinter der Faßfabrik gab es einige Schrebergärten. Da besorgte ich mir den Stacheldraht. Ach so, du mußt dir vorstellen, daß die Holländische Mühle eine eigene Zufahrtsstraße hatte, eine Pappelallee. Ich legte mich mit einem Draht hinter einen Dickwurzelhaufen. Wieviel von der Nacht verging... das kann ich nicht sagen. Eine helle und windstille Nacht. In der Mühle da unten brannte Licht, die Kühe brüllten, die Pumpe quietschte, einmal rief eine Jungenstimme: Henner! Henner!... Ja, was dann, kimmeste dann baale?
Ich nagte eine Dickwurzel an.
Als ich beim »Gasthaus zur Spitze« ein Motorrad brummen hörte, spannte ich den Stacheldraht quer über die Straße von einer Pappel zur anderen. Nach einer Minute bog Tilken donnernd in die Allee ein. Das Scheinwerferlicht zitterte weiß an den Stämmen hin, ich erschrak, weil ich fürchtete, Tilken würde das Hindernis sehen. Vielleicht hat er's auch im letzten Augenblick noch gesehen. Er warf die Arme hoch, da knirschte der Draht schon unter der Wucht des Anpralls. Die Maschine sprang zur Seite, kippte um und rutschte donnernd und funkensprühend auf der Erde weiter gegen einen Baum. Tilken schlug auf die Straße. Ich konnte ihn, obwohl der Scheinwerfer erloschen war, deutlich erkennen. Er war noch nicht tot. Hast du schon einmal ein Radrennen gesehen? So wie die Rennfahrer mit den Beinen zappeln, so zappelte er auch. Er schrie nicht, er zappelte nur ganz schnell mit den Beinen. Da schoß so ein Wirbel von Triumph, Krankheit und Entsetzen durch mich hindurch, daß mir das Wasser in die Hose lief. Und da hörte

Tilken auch schon mit dem Zappeln auf und zog das eine Bein unter den Bauch, das andere streckte er zitternd aus. Da rannte ich weg. Als ich wieder auf der Holländischen Straße war, merkte ich, daß ich in einem fort die Zähne bleckte.

Am andern Morgen bin ich wie gewöhnlich ins Kontor gegangen. Sie haben mich nicht entdeckt. Die Zeitungen schrieben mehrmals darüber, aber es ist nichts herausgekommen. Wie hätte denn auch jemand auf mich verfallen sollen! Das Fräulein saß am Fenster und tippte, ohne aufzusehen. Wir hatten nichts mehr miteinander zu schaffen.

Ich konnte es dann bald in Kassel nicht mehr aushalten, mein Onkel verschaffte mir in Eschwege einen Posten, dann bin ich noch in Homberg gewesen, in Fulda und in Hanau. Ich konnte es nirgends aushalten. Und wie es dann so geht... jetzt walze ich.

Wenn ich nicht manchmal seinen Kopf vor mir sähe, nachts im Traum und auch sonst, wie ihm das Blut aus dem Mund rausläuft, dann dächte ich wohl gar nicht mehr daran. Ich hänge am Leben, Oskar. Es gibt nichts Herrlicheres als das Leben. Ich bin unsäglich froh, daß ich am Leben geblieben bin, wenn ich auch Tilken umbringen mußte. Da ist nichts zu bereuen. So einer bin ich nun einmal. Das Leben, Oskar, die Sonne um uns her, Feld und Wald in allen Jahreszeiten.

Vielleicht nehme ich jetzt den Mund etwas voll, da ich mittlerweile neunundzwanzig Jahre alt geworden bin, was?

Aber das Gezappel kann ich auch nicht vergessen. Und dann denke ich, daß man beide Parteien zu Worte kommen lassen soll: Tilken wußte ja gar nicht, daß ich mit dem Fräulein etwas hatte. Insofern war er ohne Schuld. Aber... na ja!

Ich höre auf zu erzählen.

Nach einer Weile erkundigt sich Oskar, ob meine Geschichte zu Ende sei.
Ja.
Hm. Ich will dir mal etwas sagen: Wenn er gewußt hätte, daß du das Fräulein liebst, dann hätte er es erst recht getan.
Meinst du?
Er antwortet nicht. Ich atme tief aus und drehe den Kopf auf die andere Seite. Eine Hummel unternimmt kleine Flüge von Blume zu Blume und brummelt vor sich hin. Oskar rührt sich nicht. Plötzlich sagt er: Ich bin nämlich zu der Überzeugung gekommen, daß es viel mehr Spaß machen muß, wenn man ein Weib außerdem noch einem anderen wegnimmt.
Genau das sagt er. Ich habe es nie für möglich gehalten, daß er solche Dinge in seinem Kopf denken könnte. Lauter Scharfsinn und Verstand. Da muß ich mich denn doch verwundern. Die Hummel ist nun weitergewandert. Stille. Ich höre mit einem Mal den Neckar unten übers Wehr brausen. Ich frage: Was hattest du eigentlich für ein Geschäft?
Photograph.
Ach so... Und... wen hast du...?
Karli und meine Frau. Karli, das war unser kleiner Junge: Ich back ein ssön Kuchen, konnte er manchmal sagen.
Ach so. Und... wie?
Er hebt seine Hand hoch und macht aus den Fingern und aus dem Daumen eine Zange, die er langsam zudrückt.
Erstickt?
Ja.
Und... warum...?
Keine Antwort.
Die Sonne wirft ihren Glanz gegen den Hang. Ich bin so naß von Schweiß, als hätte jemand einen Kübel Wasser

über mich gegossen. Lauffen am Neckar. Hier muß ein guter Wein gedeihen.
Schluß, sage ich, wir wollen uns nicht zu lange mit diesem Vergangenen beschäftigen. Was anderes! Wie denkst du darüber, Oskar, ich möchte mal wieder in die Wälder, in richtige kühle Wälder, was?
Hm.
Ich setze mich auf und blinzele umher. Oder willst du lieber noch eine Nacht hierbleiben?
Er hockt zusammengesunken da, nackt und gelb, mit Rippen unter der Haut und schwarzen Haaren an verschiedenen Stellen. Seine Augen sind geschlossen. Er sagt mit heiserer Stimme: Weiter!
Auf der Brust hat er mitten in all den Haaren eine breite Narbe.

Wenn wir jetzt nicht losgehen, läßt er uns bestimmt nicht mehr rein. Los, Oskar!
Aber mein Kamerad Oskar will nicht. Er ist betrunken. Wir sitzen in einer verräucherten Kneipe in Stuttgart. Die Wirtsfrau bügelt, in einer Ecke spielen drei dicke Männer Skat, weiter ist niemand da. Es hat schon zehn geschlagen. Wir wollen heute nacht in der Herberge schlafen, weil es Oskar nicht gutgeht, und nun ist er auch noch betrunken. Drei Gläser und gleich betrunken! Er hat einen roten Kopf und runzelt die Stirn so lächerlich. An seinem Schnurrbart klebt Bierschaum.
Er bläst in sein Glas und sagt: Ich friere.
Das sagt er schon seit einigen Tagen. Dabei herrscht laues Wetter, nicht gerade warm, aber ganz behaglich zum Schlafen im Freien. Die letzte Nacht haben wir in einer Bretterbude gelegen. Da hat Oskar, obwohl ich ihm meine Jacke gegeben habe, so laut mit den Zähnen geklappert, daß ich immer wieder aufgewacht bin. Er muß sich irgendeine Krankheit geholt haben. Der Husten, mit

dem er sich neulich herumquälte, ist wieder weg. Der Satan mag wissen, was ihm eigentlich fehlt! Wenn er ausspuckt, ist es immer so braun. Ein Bett und eine wollene Decke werden ihm jedenfalls guttun. Darum will ich ja mit ihm in die Herberge.

Trink aus, Oskar, beim Gehen wird dir's wieder warm!

Aber er schiebt, ohne ein Wort zu sagen, seinen Stuhl zu mir heran, bis er direkt vor mir sitzt. Sein Kopf hängt vornüber, er bläst die Backen auf, seine Arme baumeln zwischen den Knien. Nachdem er einige Minuten so dagesessen und von Zeit zu Zeit gerülpst hat, hebt er den glühenden Kopf ein wenig und blickt mich von unten herauf an. Die Augen treten ihm vor. Sie sind so hilflos und traurig. Seit damals haben wir uns nicht mehr in die Augen gesehen. Ich... ich tu das nicht gern. Glasige Augen voller Angst, ganz anders als damals.

Soll ich dir mal was sagen? fragt er.

Ne, Oskar, wir wollen erst einmal vernünftig miteinander reden. Du gehst jetzt mit mir in die Herberge, und dann kannst du ja...

Ich will dir mal sagen, wie das mit dem Spiegel...

Du mußt einen auch mal ausreden lassen, Oskar! Du gehst jetzt mit mir in die Herberge und haust dich ins Bett. Wir halten uns ein bißchen abseits, nicht wahr, es wird ja nicht so voll sein. Und dann hocke ich mich zu dir, und dann erzählst du mir, was du willst. Fertig! – So, Frau Dobl, wir zahlen!

Die Frau stellt das Bügeleisen auf einen umgestülpten Teller und watschelt herbei: Zusammen?

Ja.

Sechs Bier, macht eins zwanzig.

Ich werfe die Groschen auf den Tisch und ziehe Oskar hinaus.

Guten Abend!

Als wir eine kleine Strecke Arm in Arm durch die frische Luft geschwankt sind, legt Oskar sich hin und übergibt sich. Danach fühlt er sich etwas besser. Wir drücken uns am Bahnhof und an der vielen Helligkeit vorbei, ich zeige Oskar die Höhen rundum, auf denen Lichter durch den Dunst glitzern, dies ist nun die Bahnhofstraße, dann biegt links die Wolframstraße hinauf, und dann ist es soweit, daß wir in leidlicher Haltung beim Herbergsvater vorsprechen können.
Noch später könnt ihr wohl nicht kommen, wie? Halb elf! So was gibt es hier nicht!
Ich ergreife das Wort: Mein Kamerad ist unterwegs krank geworden, wir wollten morgen früh zum Arzt. Um Verzeihung, wir sind sonst ganz ordentliche Leute.
Macht mal eure Hemden auf!
Es ergibt sich, daß wir keine Bienen haben.
Er steckt unsere Papiere in den Kasten zu den anderen und schreibt unsere Namen in seine Liste. Jeder bekommt eine Bettnummer, dann dürfen wir nach oben gehen. Auf der Treppe hält Oskar ein paarmal an, zittert mit der Kinnlade und murmelt etwas vor sich hin, was ich nicht verstehe.
Komm, Oskar!
Der Schlafsaal ist, wie die Schlafsäle in allen Herbergen, voller Gestank. Aber jeder Schlafsaal stinkt anders. Dieser nach Heringen. Ich knipse das Licht an, und da liegen nun die Kameraden in zwei Reihen übereinander, alte und junge, bärtige und glatte. Jeder schläft auf seine Art. Der eine schnarcht, der andere hängt sein Bein raus, einer jammert im Traum, fährt hoch und blickt, wach geworden, blöde um sich. – Böö, wir sind es nur, penn weiter Kollex! – Einer hat die Decke weggestoßen, sein Körper schimmert so leichenfarben, alles an ihm ist grau, ein Krüppel mit einem halben Bein. Wir schlafen

hier ja alle ohne Hemd, damit wir kein Ungeziefer aus den Betten mitschleppen.
In einer Ecke, dort, wo an der Querwand ein Fenster ist, entdecke ich eine unbelegte Bettreihe. Ich schiebe Oskar vor mir her, er aber bleibt unterwegs schon wieder stehen, seine Lippen gehen auf und zu vor Unbeherrschtheit.
Du mußt nicht denken, lallt er, daß ich einfach hinstürzte und ihnen die Gurgel zuhielt, mir war schon den ganzen Tag so eigentümlich... so eigentümlich...
Nein, komm her, Oskar!
Ich weiß nicht, ob ich ihn noch für betrunken halten soll, oder ob die Krankheit jetzt erst richtig losbricht. Er wird so flackernd. Und als sich ein bärtiger Alter hochsetzt und knurrt, ob wir das Licht die ganze Nacht brennen lassen wollten, geht er gleich auf ihn los: Ja du, steck deinen Kürbis unter die Decke, dann hast du's dunkel. Wir sollten dir jetzt eins in die Fresse schlagen!
Seine Hände beben. Ich reiße ihn weg in die Ecke und drücke ihn auf ein unteres Bett. Dann versuche ich, ihn auszuziehen, aber er läßt sich hintenüberfallen und fängt an zu singen:

> Ich bin der Vater Kno-ho-chen,
> ich bete alle Wo-ho-chen,
> und wenn der liebe Sonntag kommt...

Zum Satan, Oskar, willst du jetzt wohl leise sein!
Sofort verfällt er in ein klägliches Flüstern. Da setze ich mich neben ihn und rede ihm gut zu, er müsse jetzt schlafen, er sei doch krank und müsse schlafen. Allmählich wird er auch ruhiger, daß ich zur Tür laufen und das Licht ausknipsen kann. Ich wickle ihn fest ein, hänge mein Gelump an die Wand und krieche selbst ins Bett.
Das Fenster steht halb auf, manchmal weht ein bißchen Fliederduft herein. Ich höre die Uhren über der Stadt schlagen. Elf Uhr. Oskar schnarcht schon, aber es

kommt so merkwürdig tief aus seiner Brust herauf. Ich halte mich noch wach und achte auf seinen Atem. Ein böser Atem, verflucht noch einmal! Da schnaubt er kurz hintereinander durch die Nase und wirft sich herum. Nein, er schläft noch nicht, er fängt sogar wieder an zu schwatzen.

Du!

Ich stelle mich, als hörte ich nichts.

Aber er beugt sich zu mir herüber und ruft laut über meinem Gesicht:

Du!

Ja!

Ich will dir mal erzählen, wie das mit dem Spiegel war.

Haach, ich bin aber verdammt müde, Oskar.

Göttingen kennst du wohl nicht. Ich will dir das mal erklären...

Er darf doch nicht so laut von seinen Angelegenheiten schwatzen, das kann ihm ja den Kopf kosten! Ich zögere einen Augenblick, aber was bleibt mir anders übrig, als mich neben ihn zu legen? Wir verbringen die Nacht in demselben Bett. Um uns herum röchelt und stöhnt es, jemand tappt auf die Latrine hinaus, Bettstellen krachen, vor dem Fenster fängt es an zu tröpfeln, es regnet. Oskar flüstert mir allerlei Wirres ins Ohr, ich antworte ihm, wir flüstern miteinander. Oft verstehe ich ihn nicht, er nuschelt so undeutlich, dann fallen mir die Augen zu, und wenn ich wieder wach werde, nuschelt er immer noch. Ich bin nun auch müde. Er muß früher die sonderbarsten Gedanken in seinem Kopf erwogen haben. Von Gott und Religion will er nichts wissen. Weg damit, sagt er, Gewäsch! Es ist auch nicht das... das Eine, mit dem er nicht fertig wird, das auch, ja, aber er wird hauptsächlich mit dem Leben nicht fertig. Ich weiß nicht, ob ich träume, ob geträumte Worte über mich wegrauschen, oder ob ich zwischen Schlafen und Wachen Oskars Gemurmel an meiner Backe vernehme.

Er sagt zum Beispiel, an dem betreffenden Tage hätte er nach dem Mittagessen die Frühkartoffeln in seinem Garten gehäufelt... Hörst du auch zu?

Wie?... Ja, ja...

Und da hätte er gemerkt, daß die Welt mit ihren Bäumen und Häusern so regungslos dastand. Er wäre gebückt geblieben, wie er gerade war, und hätte nur die Augen eine Kleinigkeit seitwärts gedreht und gehorcht. Kein Geräusch, kein Wind, ungefähr nichts. Die Linden ließen ihr Laub hängen, den ganzen Stamm herunter bis an die Erde wie Lappen. Die Birnbäume blühten so totenstill, die Luft war dunstig, man konnte die Sonne nicht sehen, aber schwül war es, oje, schwül... schwül... schwül... schül... schum schum schuuuuh...

Wa... has?

Oskars Mund atmet an meinem Ohr. Ich fühle seinen Leib an meinem Leib. Er ist so heiß und trocken. Ach Gott, was für eine Nacht wird das werden!

Nichts wuchs in dieser Stunde...

Was sagst du, Oskar?

Nichts wuchs in dieser Stunde, du, die Säfte stiegen nicht, die Bäume waren gewissermaßen in Ohnmacht gesunken... Was wollte ich eigentlich sagen...? Mir fiel auf, daß die Kartoffeln so dunkel... nein, ich wollte doch etwas anderes... Das Gras neben der Hecke hatte sich niedergebeugt, jede Beugung glänzte wie Seide. Ich legte die Hacke weg und ging auf Zehenspitzen in mein Atelier. Aber ich dachte nun scharf nach, was es sei, weil ich Angst hatte vor dem Geheimnis, wie alles so regungslos dastand, die gläserne Welt. Du begreifst mich doch?

Nein, aber... Ja, ja, Oskar.

Jetzt paß auf, jetzt kommt es! Ich hatte mich mit meiner

Frau entzweit. Mein Schlüsselbund war aus meiner Hosentasche verschwunden, und wir hatten uns darüber entzweit. So wurde es nacheinander Abend und Nacht. Verstehst du, an der Weenderlandstraße in Göttingen wurde es Nacht. Wir wohnten da. Alles der Reihe nach! Billewillewitt, mein Hänselchen, billewillewitt, mein Hans. Ich saß in meinem Atelier und sim sim sim... und simulierte vor mich hin. Was? Ja, ja... Ein schwarzer Tag in meinem Leben, innen und außen schwarz. Es roch hier auch so ungelüftet. Ich wußte mir keinen Rat, wie ich noch länger am Leben bleiben sollte. Es gibt keinen Gott, das genügt schon, aber es gibt auch kein Glück, es gibt nur Quälerei. Und diese ewigen Kopfschmerzen. Entweder das Leben hat einen Sinn, oder es hat keinen Sinn. Das ist doch ganz logisch, nicht wahr? Wenn es einen Sinn hat, Ordnung, Weisheit, empor et cetera, dann bin ich ein Nichts ungefähr, ein Rädchen in all dem Uhrwerk, das herumgedreht wird, weiter nichts. Nein, ich danke! Und wenn es keinen Sinn hat, dann hat es keinen Sinn. Das ist doch ganz logisch. Und ich fing wieder von vorn an, ob vielleicht ein Fehler in meinen Gedanken wäre. Entweder das Leben hat einen Sinn, oder es hat keinen Sinn, nach Belieben, nach Belieben, alter Freund. Wenn es einen Sinn hat... Schließlich kam meine Frau herein. Ich saß im Dunkeln.
Bist du hier, Oskar?
Ja.
Willst du noch lange aufbleiben?
Ich kümmerte mich nicht um ihre Frage... Und wenn es keinen Sinn hat...
Ich meine nur, sagte sie leise, weil wir sonst zu Bett gehen könnten, ich bin müde.
Da erhob ich mich und stieg mit ihr in die Schlafkammer hinauf. Unsere Betten standen nebeneinander, quer davor hatten wir Karlis Bettchen gestellt. Karli, zwei Jahre

alt, ein kleiner Posaunenengel in seinem Kissen. Meine Frau hatte ihn eines Nachts geboren. Nun schlief er mit ausgebreiteten Armen. Wir legten uns nieder, ich blies die Kerze aus und sank zurück. Ich glaube, meine Frau unternahm es noch, zaghaft gute Nacht zu sagen. Aber weil wir uns entzweit hatten, ging ich nicht weiter darauf ein. Wir schwiegen in unseren Betten. Es dauerte nicht lange, da hörte ich, daß meine Frau eingeschlafen war. So lag ich denn wieder allein in der Nacht und überdachte unser Schicksal.

Jerum, jerum, was ist das jammervoll, so eine Nacht, wenn die Mitmenschen besinnungslos schlafen und einer allein muß wach bleiben! Aber das Grauenvollste ist ja doch diese andere Finsternis, die einen so unbegreiflich erfüllt. Die Brust, das Hirn, alles. Darin irren die Gedanken umher und finden sich nicht zurecht. Was wird morgen sein? Morgen werden wir aufwachen, und die Qual geht von neuem los. Schlafen... wachen... schlafen... wachen... Wozu? An gewissen Zeitpunkten überkommt uns die Liebe, manchmal trinken wir Wein und brechen in ein Gelächter aus, den nächsten Mittag essen wir Pellkartoffeln. Wozu? Du mußt dir das nur einmal ruhig überlegen, dann stellst du dich in eine Ecke und tust den Kopf in die Hände vor Verzweiflung. Ein neues Leben wird geboren, ein Säugling zum Beispiel, er weint und schleppt sich langsam weiter, eines Tages richtet er sich auf und will gehen. Wohin? In Jammer und Untergang. Schlaf, das ist, damit die Menschen nicht verrückt werden. Aber wer nicht schlafen kann, der... der... Ich könnte eine Pistole nehmen und gegen den Himmel knallen, gegen das Erbarmungslose da oben, das uns alle auf dem Gewissen hat. Gestern stand in der Zeitung, eine Frau hätte ihrem dreijährigen Jungen den Arm gebrochen und ihn zu Tode geprügelt. Es ist so ungleich verteilt, ich spreche vom Leid und Mitleid. Einige leiden gar nicht, die Frau, die ihrem kleinen Jungen den Arm gebrochen hat, leidet nicht, und ich... ich muß für alle leiden und sinnen, die jetzt schlafen... Wir nennen es Leben.

Ich wurde immer wacher. Das Sternenlicht sickerte milchig zum Fenster herein. Ich konnte die Gegenstände in der Kammer unterscheiden, den Waschtisch, den Schrank, die Kleiderecke. Auf meinem Nachttisch standen eine Kerze und ein Weinglas, das Karli mit einer Gänseblume verziert hatte. Gott, hatte Pastor Winderlich gesagt, Seele! Blicken Sie doch Ihren Menschenbrüdern ins Auge, lieber Herr Nissen, sich selbst, um des Heilands willen, ob Sie da nicht die lebendige Seele entdekken, Gottes Ebenbild!

Oskar schweigt. Ich rühre mich nicht. Er sagt: Schläfst du schon?

Nein.

Hast du gehört, was ich dir erzählt habe?

Ja.

Ich bin aber noch nicht fertig.

Erzähl nur weiter, Oskar.

Weiter, ja, ja... es überkam mich, daß ich mir einmal in die Augen sehen wollte. Zwischen den beiden Fenstern hing ein Spiegel, unser Waschtisch stand da. Ich dachte... es überkam mich so... in dieser Nacht... Und da schob ich mich aus dem Bett heraus und stellte mich vor den Spiegel.

Ein grauer Schatten dämmerte mir entgegen. Mein Gesicht. Die Augenhöhlen sanken dunkel weg wie zwei tiefe Löcher. Ich machte den Mund auf, noch ein Loch. Ein Nebelfleck mit drei Löchern.

Ich.

Geh ins Bett, du nebliges Gespenst! Der graue Fleck wich zurück, schwankte hin und her und kam wieder näher.

Diese schwarzen Höhlen... da sollte also Gott drin wohnen! Ich riß meine Augen ganz groß auf und schob sie so dicht heran, daß meine Stirn gegen das Glas stieß, ich starrte in die Höhlen... hinein, in die Tiefe, die da wegsank. Nichts... oder... nein... doch! Doch! Sah... da... nicht wer herauf? Hier war ich, dann kam all diese Tiefe und dann... Es sah mich wer an. Von ganz da drüben sah mich doch wer an! Ein uralter Blick träumte herüber zu mir. Hast du dich mal über einen Brunnen gebeugt? Wie das Dunkel einen da ansieht, so schweigend... so uralt... Gott.
Du, flüsterte ich, bist du es denn? Hilf mir doch! Du bist doch der... du hast doch schuld, daß ich nachts im Hemd in der Kammer umherschleiche vor Finsternis und Mutlosigkeit! Nimm das doch weg von mir! Sag mir doch was, daß ich das Leben aushalten kann, einen kleinen Klang, der mich fröhlich macht, hauch mich an, daß ich leichter werde zu Freundlichkeit und Glück vielleicht! Mein Kopf... sieh mal, er kann die Gedanken nicht zu Ende bringen, da ist immer noch was, und da ist wieder noch was dahinter, was Trauriges. Mein Kopf ist zu eng. Darum habe ich auch immer Kopfweh. Du siehst doch, wie weit es mit mir gekommen ist! Und wenn es dir bis heute noch nicht aufgefallen ist, jetzt siehst du es doch! Du! Hörst du nicht? Du schweigst! Du siehst durch mich hindurch, als wäre ich überhaupt nicht da! Du! Hierher! Hierher sollst du sehen! Was bist du denn für einer? Ist dir das ganz gleichgültig, ob jemand vor dir winselt oder nicht? Ich werde vor deinen Augen verrückt und du rührst dich nicht, du! Du hast mich doch so gemacht, du, du! Satan! Verflu... Aber... was tust du denn jetzt? Was denn? Was denn? Du siehst mich ja an! Bemerkst du mich? Ja, das bin ich, hier siehst du mich nun! Tut es dir nun weh? Was denn? Was denn? Dein Blick wird so... Vergehst du schon? Oder...? Um

Gottes willen... es quillt heraus... Tränen... Du weinst? Du weinst über mich? Gott weint!
Ach Kollex, Kollex!
Was glaubst du, was es war? Tand, Nerven, Phantasie. Ich glotzte in den Spiegel, mein Gesicht war naß, ich heulte, aber ich besann mich schon. Da stand die Waschschale, da zeichneten sich die Fenster ab, hinter mir schlief meine Frau, dort schlief Karli, auf meinem Nachttisch stand ein Weinglas mit einer Gänseblume, Göttingen, Weenderlandstraße, siebenunddreißig A. Willst du noch mehr hören?... Du, ob du noch mehr hören willst?
Ja, ich will nun alles hören. Sprich aber leise.
Gehuste und Geröchel. Dann zischelt es wieder heiß neben meinem Ohr: Spuk und Aberglaube, Nerven, beinahe Hohn. Beiß die Zähne zusammen, sagte ich mir. Aber gleich darauf dachte ich, warum ich denn die Zähne zusammenbeißen sollte. Laß doch alles laufen, wie es will, drunter und drüber! In diesem Haus soll heute nacht alles zusammenbrechen. Wenn ich jetzt vor dem Waschtisch auf die Knie falle und winsele, ist das nicht egal? Wenn ich jetzt wie ein Vampir bin, ist das nicht egal? Ich will ein Ende machen mit uns allen! Noch nicht, noch nicht! Doch! Aus, weg!
Ich warf mich wieder ins Bett. In der Nachbarschaft heulte ein Hund, so unheimlich, so langgezogen. Ein Ende machen... Ich dachte nach. Keine Hoffnung, kein Gedeih. Karli, er saß morgens so unschuldig in seinem Bettchen. Aber bald würden sich seine Lippen aufeinanderpressen, seine Augen würden anfangen zu fragen: Warum das, Vater? Auch ihm war beschieden, in seiner Traurigkeit unterzugehen. Ach Gott, ach Gott...
Oskar!
Ich dachte und dachte...
Oskar!

Ja!
Sei mal einen Augenblick still!
Er hustete in die wollene Decke.
Zwei... drei... hörst du: Drei Viertel zwölf! Laß das mal alles auf sich beruhen, Oskar, die Qual und die Gedanken. Ein anderes Mal! Wie bist du denn schließlich... wie hast du denn...? Du hast es doch in dieser Nacht getan?
Ja, in dieser Nacht. Gut, wir wollen das alles auf sich beruhen lassen. Ich drückte mit der rechten Hand sein Hälschen zu, und als er sich aufbäumte, stieß ich mit der Linken seinen Kopf zurück. Es riß etwas, es knackte etwas so fein, seine Füßchen zuckten unter der Decke. Es war, als täte es ein anderer, und ich sähe zu. Wenn er aufgewacht wäre, hätte ich es nicht fertiggebracht, wenn er vielleicht Vati gepiept hätte. Aber er schlug nur ein bißchen mit den Flügeln.
Dann setzte ich mich auf das Bett von meiner Frau. Ihre Lippen waren geschwollen von Schlaf, ihr schwarzes Haar fiel über ihre Stirn, hinten hatte sie es zu einem Zopf zusammengeflochten. Früher hieß sie Maja Hoyer. Ich nannte sie Meine. Sie sagte ja zu allem, was ich tat, und ging so still in Haus und Hof umher. Ich weiß, daß sie oft über ihr Leben weinte. Gleich sollte sie auch ausgelöscht sein. Und dann würde ich mich in meine Dunkelkammer zurückziehen zu all dem Gift, das ich da hatte. Wie es sich auch verhalten mag, ich glaube nicht, daß ihr imstande seid, euch das richtig klarzumachen, was es heißt, eines Nachts seine eigene Frau mit den Händen zu ersticken. Ihr nicht!
Ich beugte mich über sie, da knarrte das Bett, sie bewegte sich und wollte aufwachen. Ich hielt mich atemlos über ihr, halb gebückt, wie ich gerade war. Meine... blaß und unbedeutend, ihr Vater betrieb einen Kolonialwarenladen, dort lebte sie für sich, bis ich ihr begegnete

und sie zu mir nahm. Da dachte sie, jetzt müßte sie eine Sklavin sein, und sagte ja zu allem, was ich tat. Ich habe sie gehabt, mein Blut kreiste neun Monate in ihr, aber wir hatten kein Glück auf dieser Welt. Einmal, als sie abends in meinen Armen lag, wagte sie zu äußern, so möchte sie einschlafen und nie wieder aufwachen. Komm, Meine, wir alle drei miteinander!

Ich hätte gleich fest zupacken müssen. Aber ich rührte sie zu vorsichtig an. Da! Sie öffnete die Augen und blinzelte und erkannte mich in der Dunkelheit. Zuerst blieb sie ruhig liegen und lächelte, weil sie noch halb im Schlaf war, aber allmählich begriff sie, daß dies kein Traum mehr sein konnte. Ich saß ja in voller Wirklichkeit neben ihr. Er beugt sich über mich, dachte sie wohl, er will mir Gutes tun. Ich hatte ja den ganzen Tag kein Wort mit ihr gesprochen. So schmiegte sie sich also leise zu mir her, an der einen Seite glitt ihr Hemd von der Schulter, ich sah ihre Brüste, ihre Frauenarme. Sie war so warm an meiner Hüfte und roch nach Schlaf und Weiblichkeit. Ich wollte ganz starr bleiben. Ich bin auch der Ansicht, daß ich mich nicht bewegt habe. Aber vielleicht habe ich mich doch eine Kleinigkeit zu ihr hingesenkt, ohne daß ich es wollte, eine Kleinigkeit nur. Oder ein Zittern ist über meine Haut geflogen, das sie für Liebe genommen hat. Ach, ja, wie sie da ihren Arm um mich legte und mich küßte mit Mund und Brust, was wurde daraus? Ich bin jetzt ganz ruhig, Kollex, aber kennst du dich selbst? Stöhnen und Raserei wurde daraus, eine eheliche Nacht wurde daraus. Die Sklavin umschlang mich und zog mich in eine dumpfe Liebe hinein. Und in meiner Verzweiflung wehrte ich mich nicht. Es wurde daraus, daß wir es so toll miteinander trieben, wie noch nie in unserem Leben. Sie umschlang mich mit ihren Beinen und stöhnte unter Küssen, sie wollte noch ein Kind haben, jetzt... jetzt! Oskar, es wäre

so schön für mich! Du glaubst nicht, wie, wie, wie ich mir das wünsche, ein Mädchen, ein Schwesterchen für Karli!
Da krümmte ich mich zusammen und lachte. Nein, ich lachte nicht, ich hatte den Mund auf und hustete Luft heraus. Ein Schwesterchen für Karli! lachte ich. Sie hockte verwundert da. Ich rieb ein Zündholz an und schubste sie gegen Karlis Bett. Sie ging hin, nackt und ungeschickt, ihre Brüste schwankten, sie sah mich an und wußte nicht, was sie tun sollte.
Nimm ihn doch auf! lachte ich.
Siehst du es vor dir, Kollex, wie ich da im Bett knie und das Zündholz hochhalte und vor Grauen lache, und wie sie da den toten Jungen unter der Decke vorzieht? Seine Augäpfel sind ganz weiß. Siehst du es? Gut, jetzt erlischt das Holz.
Einen Augenblick Schweigen und Finsternis. Ich lachte immer noch Luft aus meinem Hals heraus.
Du hast meine Frau nicht gekannt, aber ich kannte sie. So ein Weinen hat wohl noch kein Mensch gehört, so einen schweren, wunden Ton. Und plötzlich drang dieser Ton empor und ging in einen Schrei über, und der Schrei hörte überhaupt nicht wieder auf. Sie fiel mich an. Erst griff sie mit den Händen um sich und schmiß alles, was ihr in die Finger kam, gegen mich, Fetzen von der Bespannung, mit der wir Karlis Bett geschmückt hatten, Karlis Kissen und Bettuch, dann rüttelte sie schreiend an dem Bett, dann tappte sie mit dem Waschkrug herbei. Aber ich trat ihn weg, das Wasser klatschte umher. Da sprang sie, Karlis Mutter, an meine Brust und riß mit ihren Zähnen Blut und Fleisch heraus. Sie war ein nacktes Tier mit Wahnsinn und wütenden Zähnen. Ihr Schrei erstickte in lauter Bissen. Ich wickelte ihr Haar um meine Hand und zerrte sie von mir weg, aber sie kratzte und biß in alles, was ich ihr darbot, in die Bettdecke, in mei-

ne Schenkel, in mein Gesicht. Ihre Zehen krallten sich in meiner Brustwunde fest und traten mir das Fleisch von den Rippen ab, daß ich vor Schmerz gurgelte. Wir rangen uns aneinander auf und stürzten zusammen, unsere Leiber wurden glitschig von dem vielen Blut, das aus mir herausbrach. Wo ich sie auch zu greifen versuchte, rutschte ich ab. Und da... während wir uns in Blut und Kampf wälzten, entstand eine kleine Flamme in mir, das Leben flackerte wieder hoch. Je heißer wir miteinander kämpften, um so höher flackerte die Flamme auf. Ich wollte mich nicht zerfleischen lassen, ich kämpfte mit einem Mal, ohne es recht zu wissen und zu wollen, um mein Leben. Ich, ich, ich! Können wir uns verstehen, Kollex, wir Menschen? Kannst du dein Schicksal verstehen? Kannst du das auseinanderhalten, was ich dir jetzt erzähle? Das Leben sinnlos, der Tod sinnlos. Aber ich wollte doch lieber leben, verstehst du. Leben! Nicht von einem Weibe totgebissen werden! Nicht verbluten! Nicht... nein nicht...! Ich konnte nicht mehr denken vor Kampf und Schmerzen, aber ich wollte leben, verstehst du? Zuletzt wußte ich mir keinen anderen Rat, als mit der Faust auf sie einzuhauen. Aber da hatte sie ihren Kopf schon mit all dem Haar gegen meinen Bauch gewühlt und sich da festgebissen. Und wenn sie das alles, was sie jetzt zwischen den Zähnen hatte, losbrachte, dann war ich verloren. Ich drückte ihren Kopf mit beiden Armen in meinen weggebogenen Bauch hinein. Sie sollte nicht loskommen! Meine Muskeln und Sehnen waren noch lebendig! Ich schrie nun auch vor... vor... ich weiß nicht wovor. Aber sowie ich ein bißchen locker ließ, rissen und kauten ihre Kiefer wieder an dem Weichen, das sie in ihrer Macht hatte. Ich drückte und drückte, wir keuchten und brüllten, aber sie gab nicht nach, ich drückte mit aller Kraft, sie hing fest. Was soll ich dir noch sagen? Ich habe ihr schließlich das Genick eingedrückt in dieser Nacht.

Weiter gibt es nichts zu erzählen. Sie war tot, Karli auch. Ich löste sie von mir ab. Was wurde daraus? Es wurde daraus, daß ich am Leben blieb. Nein, ich zog mich damals nicht in meine Dunkelkammer zurück, sondern schlich mich weg und lebe.

Die Tiere haben es herrlich im Wald. Aber ich... was habe ich alles gefressen! Eicheln und Eckern, Baumrinde, Knospen von Buchen, Maikäfer. Im Solling war das. Tage und Nächte eines Mörders im Sollingwald... Da könnte ich dir ein Liedchen von singen. Ich ernährte mich wie ein Wildschwein. Hast du schon einmal Schnecken in dich reingeschlungen? Du!

Nein.

Ich sammelte lauter Schnecken in eine Konservendose, rote und graue, wie es sich gerade traf, nur die schwarzen ließ ich liegen. Und dann streute ich eine Handvoll Salz darüber. Allmählich schäumte das auf, der Schaum quoll aus der Büchse heraus und tropfte ins Gras, bis die Schnecken tot waren. Wenn ich dann noch ein bißchen Essig und Pfeffer zur Hand hatte, machte ich mir einen Salat und aß mich satt. Ich war in keiner Weise mehr zum Tode entschlossen. Sie haben mich nicht gefunden. Wenn man sich allein hält, finden sie einen nie. Und wie du mich hier siehst, so lebe ich nun. Ich lebe ganz von selbst. Was meinst du dazu?

Ja, was meine ich dazu? Ich meine wahrhaftig, daß es verschiedene von uns, die wir nun einmal geboren sind, nicht leicht haben. Aber du hast es verdammt am schwersten gehabt.

Ich habe wenig Glück gehabt. ––

Er ist ganz ruhig geworden. Wir liegen ruhig nebeneinander.

Und die Stunden rücken weiter, die Uhren schlagen

wieder über der Stadt. Bim bim bim bim... bom. Ein Uhr.
Jetzt wollen wir aber versuchen, einzuschlafen, Oskar.
Ja.
Gute Nacht, Oskar!
Er schläft schon. Aber er röchelt immer noch so entsetzlich.

Nun bin ich im Donautal. Es regnet und stürmt. Vorhin sind drüben ein paar Tannen den Felsen hinuntergekracht. Die Wolken schleifen durch die Bergwälder, die Schluchten donnern. Ich wohne in einem Steinbruch, und es geht mir gut.
Interessiert es dich, was aus meinem Kameraden Oskar geworden ist? Er ist gestorben. Wir lagen ja zusammen in einem Bett. Zuletzt schlief er ein, und dann ist er überhaupt nicht wieder zur Besinnung gekommen. Es hörte sich an, als ob seine Lunge ganz verschleimt sei.
Vielleicht hätte er mal ordentlich husten müssen, damit das Zeug rausgekommen wäre, aber er war schon so krank und betäubt, daß er nichts mehr verstand, was man ihm zurief.
Am anderen Morgen sagte der Arzt, es handelte sich um eine Lungenentzündung. Pneumonie. Der Patient sei nicht mehr transportfähig. So ist er denn dort gestorben.
Seine Papiere waren ganz und gar nicht in Ordnung. Es gab viele Scherereien. Aber ich stellte mich in jeder Weise dumm. Das fehlte auch noch!
Mein Kamerad Oskar! Oskar Nissen. Er sagte, daß er so heiße. Was weiß ich!

Seufzer überm Rhein

Ich bin wieder einmal wo angekommen. Der Abend senkt sich allmählich ins Tal. Ich bin nun in Stein am Rhein, wo die Uhren etwas nachgehen und der Flieder über die Gartenmauern hängt. Da stehe ich auf der roten Holzbrücke. Der Strom zieht dunkel darunter hin, drüben schimmern die Weingärten am Burgberg hinauf bis zum Wald. Und über dem Wald, oben über aller Welt steht das feste Haus Hohenklingen mit seinem viereckigen Turm und hält Wacht für uns alle.

Mit einem Mal kommt das weiße Dampfschiff von Schaffhausen angerauscht. Es klingelt, die Gischtwelle vor seinem Bug sinkt zusammen, und dann schmiegt es sich an den Kai und macht unter den blühenden Kastanien fest. Einige Leute gehen an Land und werden dort von anderen begrüßt. Ein großer Herr, der mit einem leichten Mantel und einem hellgrauen Hut bekleidet ist, winkt sich einen Hoteldiener herbei und zeigt auf sein Gepäck. Dann läutet das Schiff und rauscht weiter. Schnell und schmal braust es unter der Brücke hindurch dem Bodensee zu. Es will heute abend noch nach Konstanz.

Und wo will ich noch hin? Nirgendwohin. Ich will nur ein bißchen durch das verdämmernde Städtchen schlendern, sonst nichts. Was sollte ich auch sonst in Stein am Rhein noch wollen?

Wäre ich vor hundert Jahren hierhergekommen, ich hätte die Straßen und Gassen und Menschen nicht viel anders angetroffen als heute. Ich habe die Nordsee mit ihren langen Wogenzügen gesehen, ja gut, ich bin in Berlin gewesen, wo es Untergrundbahnen und zweistöckige Autos gibt, ich kenne die Wälder und Ströme in Nord und Süd, ja, ja, aber in dieser kleinen Stadt muß ich das alles vergessen. Ich bin heute abend in Stein am Rhein, die

Bäume in den Gärten schauern und duften, an jeder Ecke plätschert ein Brunnen, hier muß man manches beiseite lassen, man muß still sein und lächeln. Nichts wollen, nichts denken... Was ist die Welt, was sind hundert Jahre!

So bin ich denn still und bleibe jeden Augenblick stehen, um irgendein rührendes Ding zu betrachten, einen holzgeschnitzten Erker, ein Ladenfenster mit einer Brücke aus Streichholzschachteln, eine hängende Laterne, eine Magd mit Wassereimern, einen düsteren Torgang, an dessen Ende sich ein erleuchteter Hof wie ein Bühnenbild auftut, ein Gemälde an der Rathauswand, alles so gut es am Abend möglich ist. Dann muß ich auch einmal vor einem offenen Fenster anhalten und zuhören, wie drinnen in der dunklen Stube jemand ein Andante aus einem Klavier ausschweben läßt. Und dann bin ich schon am anderen Ende des Städtchens angelangt.

Ich spaziere durch das turmgekrönte Tor ins Freie. Mächtige Linden ragen auf, eine Kapelle steht dazwischen, es sieht so aus, als ob da seitwärts ein Friedhof sei, ich kann's nicht recht erkennen. Nun streife ich an Gärten mit Lusthäusern vorbei, an Goldregen und weißen Syringen. Das Laub ist so warm. Dahinter führt eine Weinbergstiege durch Wiesen aufwärts. Die Grillen singen unentwegt. Zuweilen rührt sich klar und süß die Amsel. Es ist völlig Nacht geworden.

Die Stiege mündet auf den Weg zur Burg. Als ich noch ein wenig höher hinaufgedrungen bin, finde ich auf halber Höhe eine Bank unter zwei Linden, dort lasse ich mich nieder.

Unten im Tal ruht das Städtchen mit seinen erleuchteten Straßen. Der Rhein kommt aus der Ferne und strömt wieder ruhig in die Ferne hinein. Das schwarze Ufer spiegelt sich in der blassen Flut. Da schwankt auch ein Licht, da noch eins, da ein drittes. In einem der Gärten, die sich am Strom hinziehen, spielt jemand Zither, es klingt so deutlich herauf. Dann und wann fällt eine schöne Männerstimme trällernd ein. Und wenn die Musik schweigt, höre ich das Wasser ziehen und einen Wagen die Landstraße hinkarren. Die Nacht ist lau, der Gesang der Grillen steigt an und fällt ab, ein schwingender, unendlicher Ton.

Ich sitze da und blicke über das Tal hin und denke nach. Bin ich traurig? Ich bin so müde. Und ich denke, warum ich denn so ruhelos in den Ländern umherschweifen muß, und ob die Bürgersleute da unten nicht glücklicher sind als ich, der Herr Zolleinnehmer auf dem Kai, die Magd am Brunnen, der Mensch, der in der dunklen Stube mit seinen Fingern das Klavier berührte. Sie haben ihre kleinen Freuden und ihre kleinen Sorgen, ja, ja, auch sie, aber sie haben auch den Frieden, die Heimat, die Stille. Und was habe ich? Nichts. Ich habe die Unruhe, ich habe dies kranke und sehnsüchtige Gefühl in der Brust.

Aber vielleicht erscheinen mir dieser Abend und das Städtchen und das versunkene Tal nur deshalb so leise und verlockend, weil ich weiß, daß ich morgen schon wieder alles verlassen und weiterwandern werde. Ich glaube, kein Mensch liebt die Bäume und Gewässer, die Städte und Felder und die Mädchen so inbrünstig wie der, dem es bestimmt ist, nur eben einmal mit seinen Händen darüberstreifen zu dürfen. An ihrer Oberfläche sind die Dinge dieser Welt so schön. Da zittert der Hauch, der bunte Schmelz, die unsagbare Süße. Die Dinge und Worte dieser Welt. Aber wer stehenbleibt und tiefer hineinsieht, findet nichts als Traurigkeit. Wandern, nichts besitzen, ein Mädchen küssen, einen blühenden Zweig berühren, vorüberziehen, nichts wissen. Das ist es wohl.

Ich lege das Gesicht in meine Hände und sinne vor mich

hin. Ein paar Mädchennamen fallen mir ein. Bettina, sage ich durch meine Finger, Ingeborg... Ilsebill... Und noch einmal diese kühlen, nördlichen Worte: Ingeborg... Ilsebill... kleine Bettina... Hört ihr mich? Ein warmer Windzug weht durch die Linden, dann ist es wieder still.
Was sind hundert Jahre? Auch damals strömte der Fluß dunkel durchs Tal, auch damals glitzerten Lichter in seiner Flut, erklang Musik an seinem Ufer, auch damals sang irgendein Mann an solch einem Abend gedämpft in seinem Garten, auch damals gab es einen Fremdling, der sich umhertrieb und manchmal dasaß und traurig war, auch damals fiel unversehens ein kleiner Wind ins warme Laub der Lindenbäume und verlor sich wieder. Wo will ich hin?

Der Spaziergang in die Wolken

Was ist das denn für ein Juni, um alles in der Welt! Die drei Eisheiligen sind fast einen ganzen Monat zu spät erschienen.
Mit oan san's do no kimma, sagen die Bauern, de Eismanderln allesamm, Herrgottsaxn!
Als ich vorgestern bei Harbartshofen rechts abbog und mich ins Allgäuer Gebirg schlug, sah ich erst richtig, wieviel Schnee es hier bei dem großen Sturm gegeben hat. Von den Gipfeln will ich gar nicht reden, aber die Almen, die Tannenwälder, alles verschneit bis in die Täler hinunter. Da sperrt unsereins Mund und Nase auf. Neben der Landstraße standen Birken, und wenn ich ein paar Tage eher vorbeigekommen wäre, hätte ich sehen können, wie der Schnee in das hellgrüne Birkenlaub gefallen ist. Das muß schön gewesen sein.

Gestern nacht bin ich schlecht und recht in Thalkirchdorf geblieben. Das Heu ist knapp um diese Jahreszeit, und mit dem verfluchten Preßstroh kann man sich nicht zudecken. Da gibt es ein Heulen und Zähneklappern die ganze Nacht. Heute in Immenstadt habe ich mir dagegen ein Bett aus leeren Kornsäcken herrichten dürfen. Das hält weich und warm. Außerdem hat es heute morgen Kaffee gegeben und Käse dazu. Und wenn ich mich jetzt auf meinen Hintern schlage, so stecken da in der Tasche zwei Brote mit Schweineschmalz.
Am Bahnhof von Immenstadt steht ein gemaltes Gebirgspanorama. Ich habe daran herumstudiert und gelesen, daß der Stuiben eintausendsiebenhundertundfünfzig Meter hoch ist. Es gibt sicher höhere Berge in den Alpen und in der Welt, aber ich will heute auf den Stuiben. Ich will einen Spaziergang in die Wolken unternehmen.
Aus den Tälern, aus den düsteren Tannenwäldern dampfen Nebelfetzen an den Hängen auf, werden oben von der Sonne getroffen und verflüchtigen sich zu lauter Blau. Ein blauer Himmel leuchtet über den weißen Gipfeln.
Ich gehe im Steigbachtal aufwärts, vorbei an Bänken und Aussichtspunkten, vorbei an Wiesen und Enzianfeldern, Schritt für Schritt aufwärts.
Als ich hinter dem Wirtshaus Almagmach an den Schnee komme, ziehe ich ein Schmalzbrot aus der Tasche und schmiere mit dem Fett meine Stiefel ein, damit mir das Schmelzwasser nichts tun kann. Den Rest verspeise ich.
Der Weg ist steil. Ich klatsche langsam durch den nassen Schnee höher und höher hinauf. Die Sonne, die zur Linken über den Kamm stürzt, setzt mir so sehr zu, daß ich meine Jacke ausziehen und das Hemd über der Brust öffnen muß. Manchmal überholt mich ein Nebelwölkchen, ein Geriesel von kühlen Wassertropfen,

meine Haut schauert zusammen, da ist es schon vorbeigeweht.

Der Steigbach, der unter mir über Felsentreppen donnert und durch Schlüfte tost, reißt Wurzeln und dickes Gestein mit sich in die Tiefe. Es gluckert und sickert aber auch von jeder Klippe, von jeder Wiese, von jeder Tanne. Die Wälder triefen. Wenn in einer Seitenschlucht ein Gewässer niederschießt, so hört sich's an, als brummte der Berg tief innen. Ich stampfe weiter und blicke rechts und links zu den eisernen, windumsausten Graten da oben am Himmel empor. Wenn mich ein Wölkchen einhüllt, friere ich etwas, wenn die Sonne wieder auf mir liegt, schwitze ich. Alles in allem bin ich ein glücklicher Mensch. Aber wenn ich stehenbleibe, höre ich, daß über dem verschiedenartigen Brummen und Brausen, das um mich her ist, immer der helle, klingelnde Laut schwebt, den irgendein kleines Rinnsal zwischen Steinen hervorruft.

Allmählich wird es stiller. Je höher ich mich hinaufarbeite, um so stiller wird es. Das Schmelzwasser fließt spärlicher, die Tannen triefen nicht mehr so, nur hier und da rutscht eine Last Schnee von den Zweigen. Du didi du didi flüstert die Meise um einen Stamm herum.

Dann bleiben die Tannen zurück, ein steiles Schneefeld zieht sich gegen einen Sattel hinauf, dort oben liegt die Alpe Mittelberg. Die Luft streicht kalt herunter. Ich hänge mir meine Jacke um die Schultern und folge dem ausgetretenen Pfad, und bald bin ich da. Die Schneewächten, die der Sturm hier zusammengeweht hat, sind mindestens zwei Meter dick. Das Vieh muß in diesen Tagen gefüttert werden. Da brauche ich mich nicht zu wundern, daß der Senn schlechte Laune hat. Aber sein Knecht sagt, als ich mich erkundige, wo der Aufstieg zum Stuiben sei, ich solle mich nur links an dem Abhang entlang halten und dann immer der Spur nach, die dort

liefe. Gestern sei ein Fräulein hinauf, die wollte auf den Gipfel und dann auf der anderen Seite nach Gunzesried hinunter.
Derselbigen Spur gehst fei nach, net wahr!
Und wie weit ist es noch bis zum Gipfel, ungefähr?
Wann ma's frisch opackt, na braucht's oiwei a Stund.
No ja, 's Gott! sage ich.
Pfüat di!
Ich trete vorsichtig in die Fußstapfen des Fräuleins. Sie ist tüchtig ausgeschritten, ich brauche nicht zu trippeln, ich kann gehen, wie ich immer gehe, jedesmal treffe ich in ihre tiefen Stapfen. Sie hat Schritte gemacht wie ein Mann, das muß man ihr lassen. Oder hat sie es gar nicht erwarten können, bis sie auf dem Gipfel stand?
Man blickt hier schon weit über die Täler hin, und die Berge ringsum sind silbrig beschneit, aber an den Stellen, wo Wald steht, spielt das Silber ins Graue hinüber. Und je tiefer die Wälder hinabreichen, um so schwärzer sind sie. Und die Wölkchen schwimmen darüber hin.
Die Alpe ist bereits verschwunden, ein paar Urtannen, von Blitzen und Wettern zerfetzt, strecken ihre bleichen, rindenlosen Äste wild aus dem Schnee heraus, der Wind heult leise. Ich bin ganz allein hier oben auf den Schneefeldern.
Das Fräulein hat übrigens doch keine Eile gehabt, sie hat sich gestern wohl nur recht munter befunden. Wie ein Betrunkener ist sie bald auf dieser, bald auf jener Seite von der Richtung abgewichen, hier hat sie sogar nicht umhin gekonnt, einen vollständigen Purzelbaum zu schießen, und nach hundert Schritten hat sie sich hingekniet und vor lauter Übermut ihren Kopf im Schnee abgedrückt. Ich hätte wohl einmal heimlich zugucken mögen, was sie hier sonst noch alles getrieben hat!
Nun hebt sich die Spur über einen kahlen Bergrücken und läuft dann in großem Bogen durch eine Mulde auf

einen Steilhang zu. Und da bekomme ich auch den Gipfel des Stuiben zu Gesicht. Der Koloß da oben muß es sein. Von rechts kann man gut herankommen. Aber links stürzt er zackig und senkrecht in die Tiefe. Und der Gipfel noch weiter links ist wahrscheinlich der Mittag. So stand es jedenfalls auf dem Panorama in Immenstadt.

Unten in der Mulde wuchern einige Latschen um einen Felsblock herum. Aus irgendeinem Grunde ist das Fräulein mitten durch die Latschen hindurchgezogen. Ach so! Sie hat hier wohl gut Bescheid gewußt. Als ich an dem Felsen vorbei will, sehe ich, daß da in einem ausgehöhlten Baumstamm eine kleine Madonna aus buntem Porzellan wohnt. Und das Fräulein ist geradenwegs und ohne Seitensprünge auf die Madonna losgegangen. Mein Gott, sie blickt so gleichgültig vor sich hin, die Madonna. Den Arm mit dem Jesuskind hat jemand abgebrochen und über den anderen, segnend ausgestreckten gehängt. Davor liegt ein Gruß von Menschenhand, ein Enzianstrauß. Ob den das Fräulein hier abgegeben hat? Ich beuge mich vor und betrachte ihn genauer. Die Blumen sind noch ganz frisch, sie sind mit schwarzen Haaren zusammengebunden. Ich möchte wetten, daß sie unten aus dem Steigbachtal stammen. Das Fräulein hat sie sicher, als sie dort an den Wiesen vorbeikam, erblickt und mitgenommen. Und dann hat sie die Gabe der kleinen Gottesmutter in diesem Baumstamm geweiht. Sicher.

Ein schwarzhaariges Fräulein also. Ich sehe sie ordentlich vor mir, wie sie in ihrer Fröhlichkeit herbeiwandert und sich bückt und die Blumen niederlegt. Dann hat sie sich dort an der Seite in den lockeren Schnee gekniet und ein Gebet geflüstert. Hier merkwürdigerweise auch. Und zwar hat sie hier, wie es scheint, länger gekniet als dort, länger und inbrünstiger. Sie hat sogar mit ihrem Kopf und ihrem Ellbogen den Schnee berührt, und das sieht

gerade so aus wie die Spur von vorhin, wo sie so übermütig war.
Ja... sag mal...
Ich betrachte den Enzianstrauß, ich betrachte die Spuren im Schnee, ich überlege mir etwas, und mit einem Mal wandert ein kalter Gedanke durch mich hindurch: Vor diesem Andachtsbild hat sie sich doch sicher nicht übermütig benommen. Wenn sie nun auch vorhin gar nicht so übermütig war, wenn sie da nun auch gekniet und gebetet hat, wenn sie da nun verzweifelt auf die Knie gesunken ist und ihren Kopf in den Schnee gedrückt hat, was dann? Und die ausgelassenen Seitensprünge nach rechts und links? Vielleicht ist sie da nur so getaumelt. Und der Purzelbaum? Vielleicht hat sie sich da längelang hinfallen lassen und hat nicht aus noch ein gewußt. Das ist doch nicht unmöglich, Herrgott verflucht noch einmal!
Ich drücke unwillkürlich mein Knie neben ihren Abdruck in den Schnee. Guck mal da, was für ein zierliches Persönchen sie gewesen sein muß! Ihr Knie nimmt sich so schmal neben meinem aus! Ich glaube, sie hat wahrhaftig seidene Strümpfe angehabt. Sieh mal, bei ihr sind die Formen so genau abgebildet, bei mir wird es bloß ein stumpfes Loch. Ist sie einfach irgendwo weggelaufen, ohne sich fürs Gebirge auszurüsten? Aber sie hat auch wieder genageltes Schuhwerk getragen. Hm.
Kein Zweifel, ich habe eine Entdeckung gemacht, indem es nicht ausgeschlossen ist, daß gestern hier ein Fräulein gelegen und vor Schmerz ihren Kopf niedergebeugt hat. Ich weiß es noch nicht, aber es ist nicht ausgeschlossen. Und ich sinke vorsichtig in die Form hinein, die ihr Körper gebildet hat, und halte meinen Kopf dorthin, wo ihrer gewesen ist. Es kommt mir so vor, als empfände ich mit meiner Haut all die Unruhe und Angst, die gestern hier gebebt hat. Sind auch Tränen in den Schnee gefallen?

Der Schnee ist weiß und zusammengedrückt. Er schweigt. Die Madonna schweigt. Die Latschen schweigen. Sie haben mit angesehen, was hier passiert ist, aber sie verraten nichts.
Beim Aufstehen hat das Fräulein die rechte Hand in den Schnee gestemmt. Ich taste über den Schnee, über die Form der Hand, über den Ballen, über den Daumen, über die Finger. Am Goldfinger hat ein Ring gesessen. Ein Glück, daß der Schnee so feucht ist, sonst wären die Zeichen da und dort längst wieder zugeweht. Was für Liebkosungen mag diese Hand schon alles an Männern begangen haben? Möglicherweise hat sie auch jemandem einen Schlag versetzt. Aber als sie sich hier in den Schnee drückte, war sie nur eine unbeachtete Hand, die ihre wenige Pflicht erfüllte. Ich merke, daß sich in mir ein Gefühl von Barmherzigkeit gegen die Hand erhebt, ich möchte sie zwischen meine Pratzen nehmen und sie wärmen und liebhaben. Laß mich noch einmal darüberstreicheln! Warum? Ach, nur so...
Aber sollte es nicht besser sein, weiterzugehen und nach dem Fräulein und allem zu forschen?
Jetzt verfolge ich die Spur natürlich mit ganz anderen Augen als vorhin. Es gibt so vielerlei, worüber ich mir Gedanken machen kann. Die Stapfen führen, ehe sie den Hang erreichen, der zum Stuibengipfel überleitet, etwa hundert Meter an einem jähen Absturz entlang. Besagt es nun etwas oder besagt es nichts, daß das Fräulein manchmal geradezu auf den vorgewehten Wächten, die jeden Augenblick wegbrechen konnten, hingewandert ist? Es muß ihr ja vollständig gleichgültig gewesen sein, was mit ihr geschehen mochte. Später hat sie sich eine Strecke lang nur zögernd vorwärts bewegt, da ist ihr wohl was Wichtiges in den Sinn gekommen, sie hat die Füße nicht mehr richtig hochgehoben, sondern ist nur so durch den Schnee geschlurft, immer langsamer, immer

langsamer, wie ein Mensch, der tief nachdenkt. Hier ist sie gänzlich stehengeblieben. Aber dann muß ein heißer Entschluß in ihr aufgeflammt sein, die Spur ist wieder scharf abgezeichnet, die Schritte sind wieder groß. Sie hat nun gewußt, was sie wollte. Das sieht man auch an der Art, wie sie den Hang erstiegen hat. Immer wieder ist sie ausgerutscht, einmal hat sie sich sogar überschlagen. Aber sie ist blindlings weitergeklettert. Hier hebt sich zum Beispiel direkt neben ihren Stapfen die schönste Naturtreppe unter dem Schnee ab, sie hat aber nicht darauf geachtet. Und diese steile Stelle hier, an der sie sich so hat quälen müssen, kann man durch einen kleinen Umweg mühelos überwinden. Sie hat es nicht gesehen. Dagegen entdeckte ich etwas Neues: Hier ist sie wieder einmal abgerutscht und hat mit der rechten Hand mehrere Male in den Schnee gegriffen, die Finger haben sich genau abgedrückt, klein und hilfsbedürftig auch diesmal, aber von dem Ring ist nichts mehr zu sehen. Da, wieder die rechte Hand! Kein Ring. Hat sie das Kleinod verloren oder weggeworfen?

Ich wiege meinen Kopf hin und her. Man kann diese Sache betrachten, wie man will, sie ist so bewegend und seltsam. Einige Zeichen sind in der Einsamkeit der Berge in den Schnee eingegraben, ich beuge meine Augen darüber und buchstabiere etwas heraus. Angst und Not eines Menschen, mehr nicht. Die Zeichen liegen ja nicht tot herum, sie sind mit einem merkwürdigen Leben erfüllt. So kann es geschehen, um etwas Ähnliches anzuführen, daß ich in eine Wohnung trete, und da hängt auf dem Vorplatz ein Mantel am Kleiderhaken. Er hängt auch nicht einfach tot da, alles an ihm hat seine Bedeutung, der eine Ärmel ist halb umgestülpt, wenn ich heimlich in die Tasche fasse, so finde ich allerlei Gegenstände darin, die jemand hineingetan hat. Sie sind nicht gerade für meine Augen bestimmt. Es ist, als ob ich je-

manden, der sich allein glaubt, durch ein Schlüsselloch beobachte.
Etwas Derartiges findet jetzt auch statt.
Das Fräulein weiß nichts von mir, aber ich bin mit ihrem Wesen schon ziemlich vertraut. Sie hat verschiedene Spuren im Schnee hinterlassen, aus denen ich in meinen Gedanken folgere, daß sie nicht zu ihrer Lust und Ergötzung auf den Stuiben geeilt ist. Meine Fingerspitzen haben die Formen ihrer rechten Hand liebkost. Ich habe die Farbe ihres Haares wahrgenommen, ich kenne das Fräulein so gut, daß ich, wenn es darauf ankommt, imstande bin, zu beschreiben, was für eine Nase sie hat, was für eine Jacke sie trägt. Sie hat eine Nase, die ein ganz klein bißchen gebogen ist, an der Nasenwurzel wachsen einige Augenbrauen, und ihre Jacke ist aus schwarzem Samt. Ärmel, Taille, Kragen, alles ist aus schwarzem Samt geschneidert. Ihren Kopf hat sie mit einer dunkelbraunen Pelzkappe geschmückt.
Ob sie deshalb so drauflosgejagt ist, weil sie sich vor jemandem fürchtete? Wenn ich neben ihr her gewandert wäre, hätte sie nicht so zu hasten brauchen. Verdammt noch einmal, daß ich nicht schon gestern auf den Stuiben gestiegen bin! Ich hätte es wohl erleben mögen, was geschehen wäre, wenn ich gestern an dieser Stelle gestanden hätte! Ich hätte meine Arme ausgebreitet, und dann wäre sie hineingeflüchtet: Gott sei Dank, daß Sie hier stehen! hätte sie mit letzter Kraft geflüstert.
O keine Ursache! hätte ich geantwortet. Und dann wäre sie ohnmächtig niedergesunken. Aber ich hätte sie in das Latschengebüsch da oben gebettet und sie mit Schnee und ruhigen Worten wieder zur Besinnung gebracht.
Ängstigen Sie sich nun nicht mehr, gnädiges Fräulein! Wer will Ihnen denn etwas tun?
Ach, lassen Sie mich, würde sie unter Tränen gehaucht haben, ich bin eine arme Waise aus edlem Geschlecht im

Bayernland, und der Graf, mein Vormund, wollte mir Gewalt antun. Da bin ich in die Berge geflohen. Wer Sie auch sein mögen, retten Sie mich!
Dergleichen ereignet sich von Zeit zu Zeit unter den vornehmen Grafen und Königen dieser Welt. Ich würde es nicht behaupten, wenn ich es nicht verschiedene Male schwarz auf weiß in meinen Zeitungen gedruckt gefunden hätte.
Jedenfalls hätte ich schließlich doch gewagt, ihre Finger mit meinem Munde zu berühren. Nein, lassen Sie mich Ihre Finger wärmen, Fräulein Gräfin, nicht aus Liebe oder aus solch einem Grunde, sondern weil sie so schmal und hilflos anzusehen sind. Doch, auch ein Spürchen aus Liebe und Ergebenheit. Seien Sie nicht böse! Aber Sie liegen so fremdartig hier in den Latschen mit Ihrem schwarzen Haar unter der Pelzkappe und mit den Augenbrauen an der Nasenwurzel.
Ich hätte.. ich würde... ich möchte... ja, ja! Nach Gunzesried hinunter, hat der Sennersknecht gesagt. Was stehe ich denn hier im Schnee und Wind herum und phantasiere mir was zurecht! Wenn ich sie nun einholte! Denk nur an die hilflosen Hände! Los, hinterher! Ich werde doch in Gunzesried herauskriegen, in welcher Richtung das Fräulein weitergewandert ist. Und dann hinterher! Und dann habe ich sie mit einem Mal auf einem Waldweg vor mir. Das Fräulein aus Fleisch und Blut. Sie nimmt ihre Kappe ab und bewegt sich langsam vorwärts, ohne mich zu bemerken. Ich will nur eine Viertelstunde auf meinen Fußspitzen in ihrer Nähe sein. Ich will nichts sagen, ich will nur ihre rechte Hand einmal ansehen und ihre Stimme einmal hören. Wenn sie sich umdreht, könnte ich sie ja nach dem Wege fragen.
Danke schön, gnädiges Fräulein, und um Verzeihung, sind Sie in Ihrem Leben schon einmal auf dem Stuiben gewesen? ... So, gestern erst. Ich komme eben herunter

und... und... liebes Fräulein, ich habe eine alberne Frage auf dem Herzen: Ist Ihnen da auch diese porzellanene Madonna in dem hohlen Baumstamm aufgefallen? Und die Enzianblüten, die mit schwarzen Haaren zusammengebunden waren? Mit gerade solchem Haar, wie Sie an Ihrem linken Ohr herunterhängen haben, so kraus und schwarz. Ach, liebes Fräulein...! Und ich nähere mich ihrem Haar, ihrem glühenden Gesicht, die Wärme von ihrem Gesicht schlägt über meine Wimpern und über meinen Mund, wir sehen uns scheu in die Augen, und dann muß alles seinen Lauf nehmen.
Indem ich mir das ausmale, arbeite ich mich immer ungeduldiger den Hang hinauf. Der Wind pfeift, der Schnee rauscht unter meinen Tritten. Und da finde ich mit einem Mal das Allermerkwürdigste: Unterhalb des Latschengebüsches flattert in einer tief eingetretenen Fußstapfe ein Fetzchen Leinwand hin und her. Ich hole mir's heraus. Der Satan soll mich gabeln, wenn das nicht ein Stück von einem Hemd ist! Die eine Kante besteht sogar aus lauter kleinen Bogen, wie die Damen sie oben an ihren Hemden tragen, und ferner sind da die Buchstaben M und S hineingestickt. Was soll ich davon halten? M und S...? Vielleicht finde ich in dem Gebüsch noch etwas.
Nein, das Fräulein hat sonst nichts hinterlassen. Warte mal... nein, nichts. Allerdings scheint sie hier längere Zeit gesessen zu haben. Das soll ihr ja auch unverwehrt bleiben, aber was auf Gottes Erde hat sie dazu getrieben, die beiden unschuldigen Buchstaben aus ihrem Hemd zu reißen und vom Winde wegwehen zu lassen? Hätte sich der Fetzen nicht zufällig in der Stapfe gefangen, dann würde ihn sicher keine Menschenseele jemals aufgetrieben haben. Und nun fällt mir ein, daß womöglich in dem Ring auch Buchstaben gestanden haben. Darum mußte er weg. Und nun fällt mir noch etwas ein. Und

vielleicht ist es mir in diesem Augenblick gelungen, das Geheimnis vollständig aufzudecken. Aber um Himmels willen, es wird sich doch nicht so verhalten! Das wäre ja...! Liebes Fräulein, du wirst das doch nicht getan haben?
Mir fällt etwas Entsetzliches ein.
Ich keuche vorwärts. Allmählich neigt sich der Hang ins Horizontale und gleitet in die Plattform über, die den Gipfel ausmacht. Da kommt mir die Spur aufgeregt entgegen, biegt um und stürmt wieder zum Gipfel zurück. Dort läuft sie ein dutzendmal stumm auf und nieder und bricht dann seitwärts aus, und dann sind es keine Fußstapfen mehr, und dann hat sich das Fräulein da im Schnee gewälzt, und dann stürzt der Felsen Hunderte von Metern in die Tiefe. Sie hat sich hinübergewälzt.
Ich werfe mich auf den Bauch und schiebe meinen Kopf in den freien Raum hinaus. Nein, nein! sage ich vor Grauen, mein Gehirn kreiselt, die furchtbare Tiefe saugt mich an, und da ganz unten liegt ein Klumpen, ein Kleiderbündel, ein Mensch. Soll ich mir einen Stoß geben und mit angepreßten Armen hinterhersausen? Den ersten Aufschlag spüre ich unter Umständen noch, aber wenn ich dann blutig von Treppe zu Treppe geschmettert werde, ist schon alles vorbei. Ich? Was schwatze ich denn von mir! Ein Mädchenkörper hat sich zweimal in der Luft um sich gedreht, ist mit dem Rückgrat auf das Gestein da unten gekracht und zerbrochen weitergerollt. Es hat nur dumpf gekracht, weiter nichts, weiter nichts...
Ich stehe auf. Eine Wolke fährt heran und hüllt den Gipfel in kalten Dunst, die Sonne wird bleich, aber nach ein paar Sekunden hat sie schon wieder ihre alte Gewalt, die Bläue strömt wieder um mich her. Und als ich mich von dem Abgrund wegwende und, ohne zu wissen, wo ich bin, nach der anderen Seite stiere, dehnt sich da ein uner-

meßliches Meer aus weißen, spitzen Wellen hin. Aber die Wellen schaukeln nicht durcheinander, sie sind starr und tot, sie sehen aus wie verschneite Berggipfel. –
Nach einer halben Stunde bin ich auf der Alpe Mittelberg. Wir versehen uns mit einer Tragbahre, der Knecht und ich, er geht voran, ich hinterher. Ein langer, schweigender Weg. Schließlich bewegen wir uns zwischen dem Geröll umher, das am Fuße des Stuibenfelsens verstreut ist. Und da finden wir das Fräulein, wir arbeiten uns heran. Sie liegt auf dem Gesicht und hat wie ein Schlangenmensch das eine Bein über den Kopf gezwängt. Und als wir sie umkehren, ist ihr Gesicht ein einziger Blutklumpen. Ihre linke Seite ist von der Hüfte bis zum Kopf aufgerissen, ihre Wange ist weggeschlitzt, die Zähne... Nein, ich kann es nicht beschreiben! Ihr Rock ist auch zerfetzt. Wir sehen ihre Unterwäsche, ihre Schenkel. Das Fräulein liegt halb nackt herum. Wir heben sie auf. Ich bemerke zufällig, daß die Strippen an ihren Bergschuhen abgeschnitten sind. Sie hat alles von sich getan, was Buchstaben und Namen trug. Auf den Strippen stand wohl die Firma verzeichnet, bei der die Schuhe gekauft waren. Sie wollte unerkannt bleiben im Tode. Genauso ist es mir vorhin eingefallen. Ihr Haar ist so ausländisch schwarz. Vielleicht ist sie eine Spanierin. M. und S. Was könnte das bedeuten? Es könnte Manuela Santador bedeuten. Ich weiß es nicht. Oder auch einfach Minna Schmidt. Aber sie hat keine Samtjacke an, sondern einen grauen Sweater. Ihre Absicht war, unbekannt zu bleiben. Ich habe einen Hemdfetzen mit zwei Buchstaben in meiner Tasche. Aber ich werde ihn niemandem zeigen. Liebes Fräulein, wie du auch heißen magst, ich werde den Fetzen niemandem zeigen, ich werde meinen Mund überhaupt nicht auftun. Ich habe gesehen, wie du gebetet und gezittert hast. Es ist beinahe so, als wären wir einen Tag lang Kameraden gewesen. Wenn du schweigst, toter

Kamerad, dann will ich auch schweigen. Der Knecht schiebt das Bündel auf der Bahre zurecht.
An Apfischnaps, moan i, der richtet oan an wengl z'samm, moan i. Heiligkreiz Mariandjoseph, dees san jetzt Geschichten, san dees!
Wir schwanken davon. Das Bündel streckt ein Bein schräg in die Luft, der seidene Strumpf hängt zerschlissen herunter.

Das Trachtenfest in Passau

Diese Hüte, diese Hüte! In meinem ganzen Leben habe ich keine so verteufelten Hüte gesehen wie heute in Passau. Das kommt daher, daß die Menschen hier ein Trachtenfest miteinander feiern. Die Stadt dröhnt von lauter Völkerscharen aus den Gebirgen im Süden und aus dem Bayerischen Wald. Einige Männer haben Bärte von den Ohren bis auf die Brust herab und Filze auf dem Kopf so groß wie Wagenräder. Lauter Andreas Hofers. Andere gehen mit Flinten und spitzen Räuberhütchen umher, die mit roten Bändern umwickelt sind. Wieder andere haben flache Teller schief aufgesetzt und schreien juhu. Und die mit den umgekehrten Kaffeesieben aus grünem Samt und den weißen Federbüschen drauf, stammen aus dem Schlierseer Land, das weiß ich aus eigener Erfahrung. Einige tragen auch Edelweiß am Hut, das sie mit Gefahr für Leib und Leben überm Abgrund gepflückt haben, einige vollständige Hahnenschwänze, einige eine Art von Rasierpinseln und einige Troddeln aus Schweinezähnen, oder was das nun sein mag. Und die Frauen spazieren in roten Röcken durch die Straßen, alte und junge. Ihren Busen haben sie mit silbernen Ketten verschnürt und lauter Taler darangehängt. Wenn sie sich einmal schnell umdrehen, klingelt es so fein wie die Glöckchen eines Meßknaben, nur natürlich weltlicher. Dazu wehen Fahnen aus den Häusern heraus, die Kirchtürme läuten, und wer sich nicht in eine Volkstracht verkleiden will, zieht doch wenigstens seinen Sonntagsrock an. Es ist ein allgemeines Fest. Und was mich betrifft, so nehme ich ebenfalls nach Kräften daran teil.

Wenn ich an einem Friseurladen vorbeigehe und mich in dem Spiegel betrachte, der da vielleicht im Schaufenster steht, so muß ich sagen: Alles was recht ist, aber auch ich bin heute mit vielerlei Schönheit geziert. In erster Linie habe ich auf der Innenpromenade einen vergoldeten Kragenknopf gefunden. Damit verschließe ich nun mein Hemd. Es sieht beinahe so aus, als hätte mir jemand einen kleinen Orden für den Hals gewidmet. An meine Mütze habe ich etwas Eichenlaub gesteckt, weil es ein Fest ist. Und aus meiner Brusttasche lasse ich ein Zipfelchen weißes Seidenpapier heraushängen. Vorausgesetzt, daß du es nicht gerade anfaßt, mußt du denken, es sei ein schneeweißes Taschentuch. Ich kann mich nicht erinnern, wann ich zuletzt so vornehm vor der Welt dagestanden habe. Wenn heute nicht diese Lustbarkeit stattfände, würde ich direkt Aufsehen erregen mit all dem Gold und der Seide.

An der Donau ziehen sie mit Klarinetten und Bumbertons entlang, am Inn wogen sie mit Festzügen und seidenen Bannern hin, lauter grüne Hüte mit weißen Federstutzen. Und am Inn gibt es auch einen Platz mit Karussells und Luftschaukeln, mit Schießbuden und Bierzelten. Das glitzert und schwebt in der Sonne, die Karussells drehen sich mit ihren tausend Spiegeln herum, die Orgeln singen durcheinander, eine Wolke von Staub und Geschrei weht hoch. Rums päng! macht es beim starken Lukas. Am Eingang verkauft ein altes Weib gelbe und blaue Luftballons.

Aber zwischen dem Inn und der Donau steigt auch die ganze Stadt Passau mit ihren hellen Häuservierecken und ihren schmalen, verstaubten Pappelbäumen flimmernd empor. Die Gassen sind voller Getümmel, die Gewölbe voller Widerhall, zuoberst stehen das Bischöfliche Palais und der düstere Dom, darum herum die anderen Kirchen und die langgestreckten Priesterseminare. Bim baum... bim baum... Der Himmel ist blau, und die Donau fließt dahinten in ihr düsteres Waldtal hinein.
Ich halte überall an, wo es etwas zu sehen gibt, ich pfeife die Marschmelodien mit, die von den Musikkapellen angestimmt werden. Auf dem Domplatz ist ein Gerüst errichtet, da tanzen sie Schuhplattler. Das Waldhorn hält die Melodie, und die Klarinetten hüpfen die Tonleiter auf und ab. Ich sitze eine Weile auf der Holztreppe und gucke zu, wie die Röcke fliegen und die roten Hände auf die Lederhosen klatschen, ich bummele dahin und dorthin, ich trete in die rosa erleuchtete Grotte von Lourdes ein, die in einer Kapelle untergebracht ist, und lese, was für Gebete und Hilferufe die armen Seelen an die gekalkte Wand geschrieben haben, zuletzt treibe ich mit der Menschenmenge wieder hinab zu den Karussells und Luftschaukeln. Oje, was ist das hier für eine Hitze! Die Männer schwitzen, trinken Bier und jodeln, die Frauen trinken Bier und lachen, die Burschen, die Mädel, alles trinkt Bier, sogar die Schulklassen, die von ihren Lehrern herumgeführt werden, schlängeln sich, wenn es Jungens sind, an die Schankstellen heran. Aber die kleinen Mädchen kaufen sich Salzbrezeln und Brauselimonade. Beim starken Lukas kracht es ununterbrochen, und der Hampelmann oben auf dem Meßbalken schlägt einen Purzelbaum nach dem anderen. Ich möchte auch einmal hauen, aber ich habe keinen Pfennig mehr in der Tasche. Und wenn ich mein Dasein auch großartig finde, so wäre es doch noch viel großartiger, wenn ich zufällig über

ein kleines Vermögen verfügte, über einen Fünfziger vielleicht, über zwei Groschen meinetwegen. Na, ein andermal!
Dudelu tschim tschim, dudelu tschim tschim... Eine Messingmusik rauscht über den Platz, und die Leute in den Karussells singen aus vollem Halse mit: Wir san ja die lustigen Holzhackersbuam... Holzhackersbuam, tjuchhu...! Dann wogt alles wieder durcheinander.
Plötzlich schwankt ein Kerl vor mich hin, hat schweißverklebte Haare, einen hohen Schädel und obendrauf einen winzigen Jägerhut. Er wischt sich mit der einen Hand seinen blonden Schnurrbart rechts und links zur Seite, mit der anderen hebt er einen Maßkrug hoch und begrüßt mich: Oans, zwei, drei... gsuffa!
Schon recht, sage ich in meiner Armut, und nehme ihm, ehe er sich's versieht, sein Bier weg und saufe es aus. Es schäumt eiskalt in meinen hungrigen Magen hinab, ehe ich absetze, ist mir schon schwindelig. Prost! sage ich und gebe ihm den Krug zurück. Aber er steht knickebeinig da und wackelt mit dem Kopf und weiß von nichts. Seine Ohrringe schaukeln hin und her. Als er den Krug wieder in der Hand hat, hält er ihn schräg von sich ab, legt den Kopf zurück und guckt hinein, dann grinst er mich aus seinen zusammengekniffenen Augen an und gibt seinem Hütchen von hinten einen Stups: Hab i dees gsagt oder hab i dees net gsagt?
Jawohl! antworte ich laut.
Viechskerle san ma allesamm, sag i. Hab i dees gsagt oder hab i dees net gsagt, hück?
Jawohl, dees hast du gesagt!
Alsdann haun ma an Lukas, balst an Schneid hast, sag i. Obs d' an Schneid hast, hab i gsagt.
Man los!
Was hab i gsagt? Speziell an Lukas hab i gsagt!
Er schwingt seinen Maßkrug und torkelt auf den Lukas

zu. Ich hinterher. Ich mache den Mund auf und lächele. Langsam werde ich von einer süßen Wonne erfüllt.
Aber der Viechskerl schiebt einen Jungen, der gerade am Hauen ist, weg und schmettert, bauz, den Maßkrug auf den Bolzen. Der Zeiger schießt in die Höhe, es gibt einen Knall, der Hampelmann oben wirbelt herum. Dann reißt der spezielle Viechskerl dem Jungen den Schlegel aus der Hand und hämmert dreimal hintereinander auf den Bolzen. Dreimal fegt der Zeiger hoch, dreimal kracht es, dreimal wirbelt der Hampelmann herum.
Ich weiß nicht, was mit mir los ist, aber das kommt wohl von dem ungewohnten Bier. Ho-up-sala! Die Karussells taumeln so bunt umher, die Kinder blasen auf ihren Trötchen, der Erdboden hebt sich und senkt sich. Päng, sagt der Lukas. So mag ich das leiden! Es riecht auch nach Bratwürsten. Das ist ein Leben! Jetzt bin ich an der Reihe. Was wollen denn die Leute hier alle? Ich spucke in die Hände. Paß auf, Viechskerl! sage ich und haue los. Rums, päng!... Rums, päng!... Rums, päng! So, das war das eine, jetzt geht's weiter. Paß auf, Viechskerl, mit einer Hand! Ich packe den Schlegel mit der rechten Hand: rums! So, jetzt mit der linken Hand: rums! Der Hampelmann kommt überhaupt nicht mehr zur Ruhe. Noch einmal mit der Linken: rums! Was gibt's noch? Was brauchen wir so einen langen Stiel? Draufgetreten, abgeknackst, so, nun den Hammerklotz wie ein Petschaft auf den Bolzen gestampft! Päng, sagt es oben. Nun mit der Linken! Päng! Noch einmal! Päng! Noch einmal! Päng! So sieht die Sache aus, wenn sich ein ordentlicher Kerl damit befaßt! Weiter, was gibt es sonst noch? Das ist ein Leben im Bayernland!
Aber da greift der Viechskerl wieder ein. Er kommt mit zwei neuen Schlegeln daher, für jede Hand einen. Obacht, Soß! schreit er. Rums! Rums! Und ich feuere auch von mir aus einen Hieb hinterher. Rums!

Schlawiner, sagt der Viechskerl, rums! Luder, sagt er, rums!
Saupanzen, sage ich, rums!
Saupreiß ölendiger, rums! Rammel gscherter, rums!
Abgesuckeltes Heringsgerippe, rums!
Der Mann, dem der Lukas gehört, hat gar keine Zeit mehr, neue Knallpatronen aufzulegen. Der Zeiger hüpft auf und nieder wie ein Veitstänzer.
I schlog dir's Kreiz ab, brüllt der Viechskerl, rums! Doher gehst, Mistbub, rums, spinneta!
Misthaufen, rums, bayerischer!
Die Leute lachen. Und die Luftschaukeln orgeln dies Lied, und die Karussells orgeln das Lied. Aber als der Viechskerl mit seinen Sprüchen fortfahren will, haut er daneben und rumpelt vornüber. Die Leute umarmen einander vor Lachen, ein altes Weib biegt seinen Kopf hintenüber und kreischt fassungslos zum Himmel empor. Und der Viechskerl haut wieder daneben und rumpelt beinahe den ganzen Lukas um. Da schmeißt er erst sein Jägerhütchen auf den Bolzen, paff! Dann spuckt er drauf, tschiff! Und dann bearbeitet er den Lukas mit seinen genagelten Schuhen: Hin muß er wern, sag i, Kotz Himmel Laudon, der Lumpenhund!
Ich ziehe ihn weg und trampele selbst auf den Bolzen. Aber leider springt der Zeiger kaum zwei Meter hoch, denn mein Stiefel hat es nicht ausgehalten. Der Hacken ist abgebrochen, das Schnürband ist durchgerissen. So habe ich denn verloren.
Der Viechskerl klappt sein Maul bis zu den Ohren auf und will sich totlachen. In diesem Augenblick tritt der Lukasmann in seiner Friedfertigkeit auf uns zu und steckt jedem zur Belohnung eine weiße Lilie mit goldenen Staubfäden ins Knopfloch. Noch eine Zierde! Ich bin von oben bis unten mit Pracht und Reichtum angetan. Nur mein Schnürband ist etwas zerrissen. Und als ich

mich umdrehe, steht da eine ganze Mädchenklasse von vierzehn Jahren und lacht mich aus. Sie haben alle orangefarbene Mützen auf ihrem Haar und weiße Kleider an ihrem Leib, die lieben Dingerchen. Ich krümme meine Finger rechts und links neben meinem Gesicht wie Krallen vor, blecke die Zähne und tappe brüllend auf sie los, als wollte ich sie auffressen. Sie kreischen weg, nur die Lehrerin bleibt mit ihren dicken Beinen stehen. Da überreiche ich ihr für ihren Mut die weiße Lilie aus meinem Knopfloch. Der Schweiß fließt aus meinen Haaren. Aber sie faucht mich an: Schämen Sie sich, Mensch!
Jawohl, sage ich.
Und der Viechskerl muß alles bezahlen. Und wir ziehen weiter und bleiben irgendwo stehen und fressen Bratwürste und Steckerlfische.

Allmählich versinkt die Stadt in Dunkelheit und Schweigen. Der Mond steht verschleiert am Himmel und hat einen großen Hof, es muß schon Mitternacht sein. Die Leute kommen aus den Wirtshäusern und begeben sich nach Hause. Ein Verein nach dem anderen marschiert zum Bahnhof, unterwegs wird ein Lied angestimmt, aber die Männer können sich nicht mehr richtig auf die Melodie besinnen, nur die Frauen sind hoch und hell bei der Sache. Dann ist auch das vorbei, und die Straßen liegen verlassen da. Daß zuweilen ein Betrunkener daherstolpert, macht weiter nichts aus. Ich stolpere ebenfalls daher, aber ich bin nicht betrunken, ich bin nur müde. Sonst würde ich wohl in diesem Wirtsgarten noch etwas Platz nehmen. Da sitzt eine kleine Gesellschaft bei Lampenlicht unter den Kastanienbäumen. Ein alter Mann spielt Zither, die anderen lassen Rauchwolken aus ihren Pfeifen aufsteigen, und seitwärts wiegen sich zwei Pärchen in einem langsamen Ländler. Das geschieht alles so leise und zärtlich, als sei heute gar kein Trachtenfest mit

Geschrei und Geraufe gewesen. Und wenn der Zitherspieler sich ausruht, höre ich, wie die Donau am Ende der Gasse, die neben dem Wirtsgarten in die Tiefe führt, rauscht und strömt.
Aber ich bin müde, jaja... ich möchte nun schlafen. Falls ich nicht zufällig noch etwas Besseres auftreibe, will ich im Wartesaal des Bahnhofs übernachten. Ich trotte weiter.
Einmal kann ich zwischen zwei Häusern hindurchblikken, da flimmert jenseits der Donau in der dunstigen Mondnacht die Festung Oberhaus wie eine gespenstige Vision hoch oben auf dem Felsen. Nun weiter zum Bahnhof.
Der Bahnhof liegt ziemlich weit draußen. Je näher ich herankomme, um so mehr beleben sich die Straßen wieder. Der Zug nach Plattling und München ist noch nicht abgefahren. Gesang und Harmonikaspiel. Andere, die ihre Freundschaft zum Bahnhof begleitet haben, sind schon wieder auf dem Rückweg.
Aber die Ehrenpforte mit den weißblauen Fahnen und dem goldenen »Grüß Gott« steht ganz schief da. Gerade als ich hindurchspaziere, erhebt sich auf dem Bahnhof ein großes Geschrei, Pfiffe schießen in die Nacht hinein, Instrumente spielen. Der Münchener Zug geht ab. Juhuu! macht eine heisere Stimme, dann verebbt der Lärm schnell. Ein Schwall Menschen quillt mir entgegen und wälzt sich in die Stadt. So, nun wird wohl endgültig Ruhe sein.
Ich schiebe mich mit den Händen in den Hosentaschen durch die Bahnhofstür und steuere auf den Wartesaal los. Gott soll mich bewahren, wen treffe ich da? Wer wimmelt da aufgeregt durcheinander? Wer tuschelt da und reißt die Augen auf und sieht sich erschrocken an? Die Mädchenklasse mit den orangefarbenen Mützen, die mich heute nachmittag beim starken Lukas so nett aus-

gelacht hat! Genau dieselbe Mädchenklasse, so wahr ich zwei Beine habe. Nur die dicke Lehrerin fehlt, und außerdem scheint es nicht die ganze Klasse zu sein, sondern nur... zwei, vier, sechs... es sind nur sieben Mädchen. Sie reden aufeinander ein und stöhnen, eine hält die Hand an den Mund und sagt nichts als: Oh! oh! oh! Eine gibt die Sache gänzlich auf und heult in ihr Taschentuch hinein. Weißgekleidete Mädchen mit bunten Strickjakken, junge Damen von vierzehn bis fünfzehn Jahren. Ich habe schon einmal gesagt, daß ich nicht betrunken bin, aber ich nehme meine Mütze ab und verneige mich und erlaube mir die Frage, ob ich den Damen vielleicht auf irgendeine Weise in ihrem anscheinenden Unglück behilflich sein könnte.

Naa, sagt die eine, die ihr schwarzes Haar wie ein Junge trägt und die viel zu kleine Mütze schief aufgesetzt hat, aus is, weil der Zug, wo wir mitwollten, bereits abgefahrt is.

Sakrament! antworte ich und finde sie alle miteinander einiger Liebe und Lustigkeit wert. Wo wollten die Damen denn hin?

Nachdem wir alle von Minchen san, mechten mir am liebsten wieder auf Minchen heim!

Morgen früh um neun Uhr achtundzwanzig, sage ich und zeige auf die Tafel mit den Abfahrtszeiten.

Die mit der Hand vor dem Mund läßt entsetzt ihre Augen hervorquellen und stöhnt von neuem schmerzliche Ohs aus ihrer Brust heraus.

Da brauchen Sie gar nicht weiter zu seufzen, mein Fräulein, wir haben doch in Passau Hotels genug, wo Sie unterkommen können.

Dees schon, antwortet die Schwarzhaarige nachdenklich, aber die Fräuln Schottenhammel is halt abgefahrt mit den andern, bloß mir sechs ham an Zug verpaßt, mir sechs Unglückshasn.

Sieben, sage ich...
Siebene?
Die Schwarzhaarige dreht sich ungläubig um und entdeckt hinter sich ein blasses Ding, das damit beschäftigt ist, seine beiden Füße so weit umzuknicken, bis die Schuhsohlen aneinanderliegen.
Jessas, die Elis! Wo kommst denn du her, Elis?
Aber die blasse Elis sagt nur, ohne sich in ihrer Beschäftigung stören zu lassen: Geh, bin doch schon immer dabei.
Nun drängt sich eine Blonde mit zwei langen Hängezöpfen vor: Was für ein Hotel können Sie uns denn empfehlen?
Ich schiebe mein Kinn in die Höhe, damit man meinen vergoldeten Kragenknopf sehen kann, ich drücke auch meine linke Brust mit dem seidenen Taschentuch etwas vor und schwafele aufs Geratewohl los: Vor allen Dingen natürlich den ›Weißen Elefanten‹. Da finden Sie gutes Essen, gute Betten, nicht teuer. Aber wenn Sie lieber in den ›Blauen Stern‹ wollen, ist mir's auch recht.
Ohuu! weint da die Quelläugige aus tiefstem Herzen auf, ohuu, und denn steigt Fräuln Schottenhammel in München aus dem Zug und denn fehlen mir siebene! Und denn... oou!
Und denn kriegt's ihrn damischen Herzkrampf wieder, die alte Hex! lacht die Schwarzhaarige. Hätt halt warten solln, bis mir alle drin gwesen san!
Mir san ja drin gwesen. Sie is dreimal an die Wägen hingesaust, ob mir alle drin warn. Alsdann is sie eingeschlieft, und dann san mir nochamal naus für Schoklad zu kaufen! Pfüat di Good, ab geht's. I sag's, wie's is! Aber, net wahr, was denken jetzt mei Öltern, wann i net hoam komm, und morgen in der Früh komm i a noch net hoam!
Jessas, mei Öltern!

Und morgen in der Früh san ma wieder net dahoam!
Oh, mei Moatter!
Unser Hansl hat morgen Namenstag!
Mei Buckelsack liegt als no im Zug!
Nichts als Aufregung und Tränen. Aber ich weiß Rat, ich erhebe meinen Arm und schwenke ihn hin und her: Einen Augenblick Ruhe! Pardon, meine Damen, wenn Sie erlauben, gehe ich jetzt zum Herrn Stationsvorsteher hinein und bitte ihn, nachdem ich ihm das ganze Unglück dargestellt habe, er möchte nach Plattling telephonieren und dem Fräulein Schottenhammel alles mögliche bestellen lassen, wenn der Zug da seinen Aufenthalt hat. Es werden ja immer ein paar orangene Mützen zum Fenster hinausgucken, was? Sonst muß eben einer mit der Klingel am Zug entlanglaufen und Schottenhammel schreien. Das gibt es.
Juuh! ruft die Schwarzhaarige. Was wollts denn mehr, Madeln! Dees gibt's!
Vielleicht gehen Sie mit, Fräulein. Ja, so! Haben Sie denn Geld genug alle miteinander für Schlafen und Bahnfahrt und so weiter?
Kurz und gut, es dauert keine Viertelstunde, da wandern wir wieder zur Stadt zurück, und die sieben Mädchen wimmeln um mich herum. Sie schwatzen und kichern. Eben schluchzten sie noch, nun kichern sie und stupsen sich in den Rinnstein. Ich weiß noch nicht, was dies werden soll. Ich bin gar nicht mehr müde. Warte nur, es tanzt mir schon allerlei durch den Kopf. Aber die Schwarzhaarige geht an meiner Seite und führt das Wort:
Ein Glück, daß Sie grad in'n Bahnhof einspaziert san. Könnt leicht sein, daß mir jetzt noch umanand gackerten. Und dees mit an Stationsvorsteher hättn mir nimmer zsammbracht, gelt Theres! Ma tean uns a vielmals bedanken allesamm, gelt Theres!

Na ja, sage ich, nicht der Rede wert, das hat noch Zeit. Und übrigens so mit jungen Damen nachts durch die Straßen zu ziehen, durch das dunstige Mondlicht, durch die Stille, wenn die Leute schon in ihren Betten schnarchen... die Laternen leuchten so trüb, da und dort schwebt ein Balkönchen mit Hängeblumen über einer Haustür, es taut und tropft, und die jungen Damen sind so jung, ihre Röcke sind so kurz, bald gehen sie im Dunkeln, bald weht etwas Helligkeit und Mondschein um sie her... ich finde das meinerseits ziemlich lustig. Ich finde es sogar ein bißchen gefährlich. Und das gnädige Fräulein?
Bilden's Ihnen fei nix ein, mei Liaber! Und Sprüch können's machen, Mariandjoseph! Sie san mir scho an ganz Gwisser! Gelt, Sie san net amal von hier?
Ganz und gar nicht. Ich weile nur zu meinem Vergnügen in Passau, ich ergehe mich gewissermaßen in der Sommerfrische, wie man so sagt.
Wo kommen's denn her, wann's erlaubt is, zu fragen?
Von da und dort! Ich reise viel.
Ah so, Sie reisn vüll!
Bergauf und bergunter, hüber und nüber.
Ah so! Und wo san's alles gwesen, eh daß Sie auf Passau gangen san?
In Hamburg, am Rhein...
Jessas, am Rhein! ruft die Theres hinter mir. Da wohnt mei Onkel!
Am Rhein, in Lüneburg, im Allgäu, in Berlin, wo Sie wollen!
O mei, da gibt's was zu erzählen, gelt?
Jawohl, sage ich, in der einen und anderen Beziehung jawohl, und das Haus da vorn an der Ecke ist schon der ›Weiße Elefant‹.
Wir trappeln einen Augenblick schweigend über das Pflaster, dann läßt sich unvermutet die blasse Elis ver-

nehmen: Bitt schön, möchten's uns net geschwind amal so a klans Gschichterl verzähln? Weil wir dees so vüll gern hörn, so an Gschichterl aus dera Welt.
O ja! ruft die Theres.
Jaaa! stöhnt die Quelläugige.
Dommdiadei! freut sich die Schwarze.
Eine kleine Geschichte? Gut! Was für eine denn? Eine zum Lachen oder eine zum Weinen?
Die blasse Elis will eine zum Lachen haben.
Und die anderen Damen? frage ich.
Mir andern Damen a, sagt die Schwarzhaarige.
Recht eine gschpaßige, gelt!
Dann will ich Ihnen des Vögleins Abendlied im Grunewald erzählen. Es ist aber nur eine ganz winzige Geschichte. Warten Sie mal... na schön! Also ich war damals in Berlin und ging eines Abends im Grunewald umher. Was der Grunewald ist, wissen Sie doch?
I weiß nur: Im Grunewald, im Grunewald is Holzauktion.
Sehen Sie wohl, in demselben Grunewald war es!
Ah so!
Ich ging hinein und wanderte in der Einsamkeit umher. Die Sonne sank unter, und es war Abend. Da fing in einem Tannendickicht ein Vogel so wunderschön an zu schlagen, daß ich stehenblieb und mich gar nicht satt hören konnte. Ich trat auch an das Dickicht heran und guckte hinein und guckte empor, aber ich konnte das singende Tierchen nicht entdecken. Und als ich da noch so stand und horchte, brach der Gesang plötzlich ab, es rauschte im Tann, ein schwarzhaariger Kerl trat hervor und verneigte sich vor mir.
Mahlzeit, Egsälänz, sagte er. Is nich Voggel, bin iiich, was singt so scheen. Sollen Sie haben su kaufen kleines Flötä, swansig Fennig, swei Groschen, Egsälänz, bittä sähr!

Und da?
Und da war es nun des Vögleins Abendlied.
Wir stehen im Kreise und lachen uns alle an: Hahahah.
Ich fasse mich an meine Nase, ich stecke die Hände in die Hosentaschen und schlenkere die Beine rechts und links in die Höhe. Sieben kleine Mädchen sind um mich versammelt. Wenn es nach mir ginge, nähme ich jede in den Arm und gäbe ihr einen Kuß. Vor allen Dingen der Schwarzhaarigen mit dem Jungensmund. Aber auch die blasse Elis ist nicht zu verachten. Und die Quelläugige küßt sicher noch wie ein Kind, knallend und etwas dumm. Die mit den blonden Hängezöpfen scheint allerdings etwas hausbacken zu sein. Dagegen ist von der langen, schlaksigen Theres das eine und andere zu erwarten, sie hat so eine verwegene Unterlippe. Und was die beiden Stillen angeht, das magere Mädchen mit den großen, verschleierten Augen und das Pummelchen mit den Haarschnecken über den Ohren und der bronzenen Brosche auf dem violetten Kleid, so wollte ich, falls etwas daraus würde, schon sehen, wie ich da auf meine Kosten käme. Kinder, sage ich, liebe Damen, tretet einmal etwas beiseite in das Gäßchen hier, wo die Laterne nicht so hinscheint. Sonst erleide ich noch das Schicksal, daß ein Schutzmann vorbeikommt und mich als Mädchenhändler verhaftet. Hierher!
Wir schieben uns ins Dunkel. Ich bin natürlich voll von verwegenen Wünschen. Jetzt muß es ausgesprochen werden, denke ich. Wenn ich nur wüßte, wie ich's ihnen beibringen soll!
Hm, meine verehrten Damen, ich werde jetzt eine Rede halten. Hm, eine Rede halten über Punkt eins, Punkt zwei, Punkt drei. Punkt eins: Geben Sie zu, daß ich ein lieber Mensch bin, außerdem ein Tugendbold und Christ, geben Sie das alles zu?
Dees scho!

Ja, ja!
Freili, an Trunkenbold!
Hihihi...
Punkt zwei: Sie wollen jetzt in dies Hotel treten und Ihren Kummer verschlafen, nicht wahr?
Ja!
Punkt drei: Vergessen Sie nicht, vorher Ihre verschiedenen Angelegenheiten in Ordnung zu bringen. Ich habe Ihnen zum Beispiel anbei eine kleine Nota zu überreichen: Führung vom Bahnhof zum ›Weißen Elefanten‹, Nachttaxe, macht drei hm hm. Eine liebreizende Geschichte zu vier hm hm, macht Summa summarum sieben hm hm. Trinkgeld dankend abgelehnt. Meine Damen, ich bitte um sieben hm hm!
Sieben hm hm? Dees is uns nicht bekannt, was dees bedeitet, dees hm hm!
Sie müssen es nun raten! Sieben...? Sieben...? Na!
Busserln! ruft die Schwarzhaarige. Die andern schreien huuu, als hätten sie schon so etwas geahnt, und halten die Hände vors Gesicht. Nur die Quelläugige stöhnt: Oh, oh!
Potztausend, Busserln! antworte ich und schnickele mit den Fingern. Pst! Pst! Meine sehr verehrten Damen, was die Zahlungsweise anbelangt, so bin ich zu jedem Entgegenkommen bereit. Soll die Summe in eins verauslagt werden, so ist mir's recht, soll sie zu gleichen Teilen auf die Gesellschaft umgelegt werden, ist mir's abermals recht. Im letzten Falle käme auf jede Dame gerade ein... ein...
Huhuu!
Jawohl, ein Huhuu!
Da ist es wieder die blasse Elis, die einen Vorschlag bereit hat: Im Falle, daß Sie uns vülleicht noch a Gschichterl verzähln möchten, nacha könntn mir ja über die Sach redn.

Kommt Zeit, kommt Rat, denkt sie wohl. Aber ich weiß etwas Besseres, ich weiß mit einem Mal ganz genau, was ich eigentlich all die Zeit über gewollt habe. Andersherum! sage ich. Mit derjenigen von Ihnen, die mir das schönste... zahlt, spaziere ich noch ein halbes Stündchen umher und erzähle ihr eine Geschichte nach der anderen, und eine immer lustiger als die andere. Und somit: Bitte, meine Damen, zur Kasse!

Aber niemand rührt sich. Sie drängen sich zusammen, sie kichern sich was ins Ohr, sie gucken mich an und stoßen leise Schreie aus. Ich stehe ganz verlassen da. Nur die Schwarzhaarige hält sich zwischen mir und den anderen. Ein paar Sekunden lang sind wir alle ein bißchen verlegen.

Da beginnt ganz in unserer Nähe eine Kirchturmuhr langsam zu schlagen. Als die ersten vier hohen Schläge durch die Luft klingen, rückt die Schwarzhaarige jedesmal einen Schritt näher zu mir heran, beim vierten Schlag ist sie dicht neben mir. Und als die Uhr nun ihr tiefes Eins brummt, pressen sich blitzschnell zwei aufgeregte Mädchenlippen auf meinen Mund, ich spüre einen Biß, einen hastigen Druck, ein verlegenes Lachen, und ehe ich mich recht besinne, ist der erste Kuß schon vorbei. Niemand sagt ein Wort, es kommt mir vor, als hielten die Mädchen den Atem an. Die Schwarzhaarige tritt beiseite, nimmt die Mütze ab und schüttelt, in dem sie den Kopf hintenüberwirft, ihr Haar zurecht.

Noch schwebt der Nachhall des Glockenschlages in der Luft, da steht schon die Hängezöpfige vor mir und hebt sich auf die Zehen, ich neige mich herab, aber sie weicht mir aus und küßt mich kühl auf den linken Mundwinkel, man kann es eigentlich keinen Kuß nennen.

Nun wird die Quelläugige herangeschubst. Sie strahlt übers ganze Gesicht und macht nicht viel Umstände. Unschuldigere Lippen haben wohl noch nie meinen

Mund berührt. Sie legt Wert darauf, daß es ordentlich schmatzt, und als dies saugende Geräusch ertönt, platzt sie los und plumpst vor Lachen auf die Erde.
Ich hebe sie auf, schaukele sie, obwohl sie zappelt und kreischt, wie ein Baby auf meinen Armen, und setze sie mitten unter den anderen ab. Da faßt mich das magere Mädchen von hinten an den Arm, ich wende meinen Kopf über die Schulter zurück und empfange so zwei aufeinandergepreßte, trockene Lippen, zwischen denen im Augenblick des Kusses blitzschnell eine feuchte Zungenspitze hervorhuscht und die Nerven schwach erschrecken läßt. Ich greife unwillkürlich hinter mich, um sie festzuhalten, aber sie dreht sich leicht weg und zieht sich zurück.
Von der langen Theres habe ich mir mehr versprochen. Wenn sie nur nicht so heftig wäre! Sie faßt mich um den Kopf und drückt ihren Mund so fest auf meinen, daß unsere Zähne gegeneinanderstoßen. Ach Theres, so ein erster Kuß muß ganz anders sein!
Nun ist die blasse Elis an der Reihe. Sie steht da und wartet. Als ich mich über sie beuge, legt sie ihre Arme, ohne mich zu berühren, um meinen Hals, und läßt sich, indem sie sacht in den Knien einknickt, nach hinten sinken. Ich fange sie auf, aber sie wiegt beinahe nichts, sie schwebt wie ein Duft in meinem Arm. Ihre Augen sind geschlossen. Als ich sie an mich ziehe, schlägt in der Ferne wieder eine Uhr, und nun noch eine und noch eine. Ich horche einen Augenblick hin, die hohen und tiefen Glockentöne schwingen durcheinander, ich finde es so merkwürdig, daß gerade jetzt die Uhren über Passau zu läuten anfangen, und dann senke ich mich auf das stille Gesicht. Alle anderen haben mich geküßt. Aber diese bietet sich nur dar und wartet, bis ich ihren Mund finde. Kaum habe ich ihn berührt, da öffnen sich die Lippen wie von selbst, und eine unsägliche Weichheit empfängt mich. Es sind

nicht die Lippen mehr, die unter meinem Kusse beben, es ist die ganze traurige Trunkenheit des Weibes. Ich fühle ihre Mädchenbrüste an meiner Brust, ich fühle ihren kleinen Schoß, ihr Körper ist so unberührt, aber ihr Mund ist warm, ihre Lippen bewegen sich ein wenig. Und nun ist mein Leib nicht mehr da, ich selbst bin auch nicht mehr da, nur die Wärme der Lippen, diese leise sich regende Weichheit, diese namenlose Süße ist noch da... Elis... ich kann mich nicht wieder von ihr lösen. Da legt sie ihre Hände an meine Schläfen und drängt meinen Kopf sanft von sich weg. Ihre Augen sind immer noch geschlossen. Elis? frage ich leise. Sie schüttelt den Kopf und wendet sich ab.

Es ist mir so gleichgültig, was das Pummelchen noch mit mir macht. Die Uhren schlagen nicht mehr, mein Herz schlägt nicht mehr... Lebe ich noch? Das Pummelchen knickst, ich nehme meine Mütze ab und flüstere: Gute Nacht, meine Damen... Danke schön... Gute Nacht! Dann drehe ich mich um und taumele weg. Die Schwarzhaarige ruft etwas hinter mir her. Ich weiß nicht...

Ich gehe über die Donaubrücke. Es ist immer noch Nacht. Vor einer halben Stunde habe ich mit meinen Lippen den Mund eines Mädchens berührt. Es sollte nur ein Spiel sein. Und was wurde daraus? Mein Gott, was wurde daraus? Wo soll ich nun bleiben?

Ich gehe durch den Tunnel unter dem Festungsfelsen hindurch. Mit einem Mal bin ich im Ilztal. Der Weg schimmert grau durch die Dunkelheit. Hier links komme ich wohl zur Festung hinauf. Ich steige durch lauwarme Schierlingswiesen höher und höher. Das Tal versinkt in Nebel und Mondlicht.

Nach einer Weile taste ich mich mit Händen und Füßen durch einen finsteren Torgang, dann kommt ein Hof, dann ein langes Gewölbe, dann wieder ein Hof, von schwarzen Mauern umschlossen. Ich kann nur ein kleines Stück Himmel erblicken. Und hier ist schon wieder ein Torgang. Als ich heraustrete, riecht es nach Bäumen. Ja, das sind Kastanien, da oben blinzeln auch zwei Sterne aus dem Himmelsdampf heraus. Ich taste mich weiter, vorbei an einem rot flammenden Fensterchen, vorbei an einem stampfenden Wachtposten, der sich aber weiter nicht um mich kümmert. Und als ich wieder ein wenig Helligkeit wahrnehme, bin ich im Freien, vor mir kündet sich eine Art von Bastion an, auf der gewaltige Lindenbäume stehen. Ich gehe hinauf, der Fels sinkt weg, und da unten liegt Passau zwischen den Flüssen.

Wie geheimnisvoll die Stadt in dieser Nacht aussieht! Die elektrischen Lampen erhellen den Dunst, der darüber schwebt, bis hoch in die Luft hinein. Wenn an den Häuserfronten ein Lichtschein emporleuchtet, schimmern sie wie bleiches Glas, die Stadt ist so gläsern. In der Ferne verlieren sich, neben der Donau hin, die roten Laternen des Bahnhofs. Passau, ein silbriger Nebel, erfüllt mit leichtem Gebrause. Die Flüsse strömen unaufhörlich hindurch. Rundherum ist die Nacht, der Mond hebt sich aus Dampf und Gewölk heraus.

Und irgendwo da unten in dem silbrigen Nebel ruht nun die kleine Elis. Ich kann mir nicht helfen, ich sollte jetzt eigentlich ein Kerl sein, ich sollte einen großen Gedanken ersinnen hier über der gläsernen Stadt und in dieser Ewigkeit. Die Nacht ist so mit Ewigkeit und Dampf und verlorenem Licht erfüllt. Aber ich denke nur, wie die blasse Elis ihre Lippen so weich und traurig unter meinem Munde geöffnet hat und wie meine Knie geschwankt haben. Ich stehe nur so da und denke an ein Mädchen von fünfzehn Jahren ungefähr.

Hör zu oder hör nicht zu, ein Wanderer schwatzt was vor sich hin von freien Tagen und Glück. Schääk Händs! Ich habe ein bißchen was getrunken. Gut. Wir kriegen heute noch Regen! Also hör zu oder hör nicht zu, das kannst du halten, wie du willst. Es ist doch alles Beschiß! Es regnet. Das da ist die Donau, nicht wahr, vorhin war ich in Engelhartszell, und nun wandere ich ins Österreichische hinein. Ich wandere und denke. Ich bin ganz voll von Erinnerung. Wie das so kommt, nicht wahr... Hier ist ein Lindenbaum, an den will ich mich lehnen und mich erinnern. Wie hieß sie doch.

Ich... ich... gehe in einer grauen Stadt umher. Bremen heißt die Stadt, Freie Hansestadt Bremen, und manchmal weht mir von fern eine kleine Musik entgegen. Es ist noch alles ganz deutlich in meiner Erinnerung. Ich sehe mich durch die Hutfilterstraße schlendern. Jetzt muß es Mittag sein, denke ich. Der Nebel hat sich noch kein bißchen gehoben. Heute sind viele Orgelmänner in der Stadt, weil Freimarkt gehalten wird. Auch ein Trompeter läßt sich von Zeit zu Zeit im Nebel vernehmen. Und die Fräuleins, die aus den Kontoren kommen, lachen und trällern die Lieder mit. So ziehen denn lauter unsichtbare Melodien hinter dem Nebeldunst hin, zart zu hören wie aus einer anderen Welt. Die Luft tropft feucht an den Häusern herunter.

Bom bom bom. Es schlägt drei Viertel eins. Und da bleibe ich vor dem Glaskasten eines Photographen stehen. Hm... viele Gesichter. Wie froh und mutig sie alle gucken!

Und da sehe ich dich! Dein Bild! Nein... oder doch... du bist es wohl nicht ganz... aber vielleicht bist du es doch. Diese verdammten Photographen mit ihren Salon-

bildern! Meinethalben. Ich weiß wahrhaftig nicht, ob du es bist oder nicht.
Nein, ich halte die Hände vor mein Gesicht und geniere mich, dir in die Augen zu sehen. Die Leute stoßen an meinen Rücken und rennen weiter, dahinten geht wieder eine verwischte Musik empor, der Nebel sickert darüber hin, ich sehe nichts, ich presse die Zeigefinger in meine Augen, die Musik orgelt unverzagt empor.
Du!
Wie lange ist es her? Ich habe wohl acht Tage nicht mehr mit dir geredet, so des Nachts, weißt du, wenn ich auf der Bank in den Wallanlagen saß und nicht schlafen konnte, wenn die Sterne über die Baumwipfel wanderten. Ich habe dich ganz aus meinen Gedanken verloren. Verzeih, daß ich mir das habe zuschulden kommen lassen! Daß ich manchmal dalag, von Plänen und Sehnsucht betäubt, und wieder aufwachte und umherging!
Verzeih!
An tausend Dinge habe ich gedacht, an die Taucherenten auf dem Stadtgraben, an den Wind, der plötzlich einen Regen gelber Blätter aus den Bäumen schweben läßt, an den Karren des Bücherverkäufers auf dem Markt habe ich gedacht, an den Mond, der in der Frühe durch den grünen Äther zieht, ich habe sogar an mein zerrissenes Schnürband gedacht, aber nicht an dich.
Einmal habe ich dich auf meine Bank geschleppt. Du wolltest nicht. Hoi... mein Kind! Ich warf dich hin, dein Kleid zerriß, und der Mond schien so hell über uns hin. Da küßte ich dich unter die linke Brust. Ich zwängte deine Arme auseinander und sah den blonden Flaum in deinen Achselhöhlen. Dein ganzer Leib weinte. Es kam so furchtbar über mich... die Liebe oder so. Aber sonst habe ich nicht viel an dich gedacht.
Verzeih!

Ich lasse meine Hände sinken und betrachte dein Bild. In deinen Augen kann ich die Angst sehen. Deine Augen zittern vor Wehrlosigkeit. Wie du davor zitterst, gejagt zu werden! Darum liebe ich dich ja, du sehnsüchtiges Wild, darum verfluche ich ja meine Blödheit, daß ich nicht hinging und dich jagte, als du im Lampengeflimmer an mir vorbeiglittest vor dem Schaufenster des Silberhändlers! Du glittest vorbei.
Da hängt nun dein Bild in dem Glaskasten.
Der Schmerz perlt aus meinen Knien herauf und eine lange, qualvolle Süße drängt sich hinterher.
Nebel... Blindheit... gedämpfte Musik...
Ingeborg! ——
Wie geht es weiter? Das hat übrigens gar nichts damit zu tun, daß ich etwas betrunken bin. Aber ich weiß es nicht mehr. Ich weiß was anderes! Von Nienburg.
Gute Landstraßen haben sie hier in Österreich, alles, was recht ist, die Zwockels! Hobä die Ähre! Ich könnte mit geschlossenen Augen auf dieser Landstraße hinwandern. Es gibt viele Vergnügungen in der Welt, aber das Beste ist doch, betrunken zu sein und die Augen zuzumachen und an Nienburg zu denken. Entschuldigen Sie, bin ich hier in Nienburg? Still! Da steht ja...
Wenn dies kein Wunder ist, dann... dann... dies Merkwürdige, daß wir mit einem Mal, du und ich, zusammen sind in dieser kleinen Stadt Nienburg!
Du mußt nicht ängstlich sein! Wir wohnen ja so sicher und allein in unserem Gasthauskämmerchen. Und da haben wir nun eine Kerze und zwei weiße Betten, und draußen steht die Winternacht. Aber kalt ist es hier, o verflucht noch einmal! Riecht es nicht nach Stroh und Äpfeln, du? Gott segne dich dafür, daß du mich ansiehst mit deinen guten, klaren Augen!
Ich will dir etwas sagen: Es gibt gar nichts, was so... so... schön ist, daß man sich davor fürchten müßte,

nicht wahr? Nein, ich glaube es wenigstens nicht. Oder meinst du, ich fürchtete mich vor dieser Nacht, vor deinen Augen, vor deinen Brüsten, wenn du dich nun auftust, vor...? Ich bin ganz ruhig.
Wenn du jetzt deine Zöpfe gelöst hast, siehst du, wenn das vorüber ist, dann habe ich weiter keine Angst mehr, dann kann nichts mehr kommen, worüber ich so in der Tiefe, so ganz und gar erschrecke. Ich will dich nicht ansehen, wie du vor dem Spiegel stehst und deinen Kopf zur Seite senkst und die Flechten losmachst, wie dein Haar so unbegreiflich anfängt zu duften.
Nein... tust du es jetzt?
Auf dem Schrank hier haben sicher Äpfel gelegen. So war es bei uns zu Hause auch. Meine Mutter... Ja, nun stehe ich hier am Fenster.
Bist du mit deinem Haar noch nicht fertig? Wie das duftet, Mädchen, wie das jetzt schon duftet!
Zu denken, daß wir heute nacht in einer verborgenen Stadt hausen, und daß du deinen Eltern heimlich entwischt bist und daß du einen Zwanzigmarkschein in deiner Handtasche hast! Wir kennen keinen Menschen hier und wissen nichts. Nur, daß es Winter ist in der kleinen Stadt Nienburg und daß es schneit und daß die Weser durch die ungeheuere, fahle Ebene hinzieht und daß in der Ferne lauter vereiste Wälder sind, das wissen wir.
Sieh mal, wie sacht draußen die Flocken durch den Lichtschein des Fensters sinken!
Gestern war die Welt noch so einfältig, die Welt und das alles, so kühl und still.
Und heute nacht, wenn ich mit einem Mal aufwache, braust die Dunkelheit leise über mich hin, es ist, als ob ich zum ersten Mal in meinem Leben erwachte. Und niemand weiß, was noch kommen will. Vielleicht hast du einen Traum und stöhnst neben mir und... und... We-

das doch einmal alles begreifen könnte, so die brausende Dunkelheit, die Totenstille, die Schneeflocken, die Träume und daß man nachts im Bett aufsitzt und sinnt!
Gib acht, Geliebte, jetzt drehe ich mich um, ob du nun fertig bist oder nicht. Ich habe keine Angst vor dir. Jetzt... jetzt, Geliebte!
Ich... erschrick nicht, daß ich auf die Knie falle und mir die Augen zuhalte. Es ist nur, weil ich so krank von Inbrunst bin, weil das Leben so freundlich und weh zu mir ist, weil dein Haar so...
Ingeborg! ––
Betrunken? Wer sagt, ich sei betrunken, he? Wenn ich denke und mich erinnere, bin ich dann etwa betrunken? Aber jetzt habe ich mich genug erinnert.
Vorhin waren die Farben noch so klar neben der Landstraße hin und drüben in den Wäldern, in den windstillen Wäldern jenseits der Donau an den Bergen hinauf. Jetzt regnet es. Ich trotte durch den Regen weiter. Ach verflucht, wie blau meine Hände sind!
Dabei tropft es wie Gold aus den Erlen. Der Regen hüpft auf der Straße umher. Ich blase in meine blauen Hände.
Die Bauerngärten sind zum Beispiel in erster Linie für mich gemacht. Da stehe ich also im Regen und gucke mir die gelben Malven an, wie sie aufleuchten gegen den schweren, österreichischen Himmel. Ich bin wahrhaftig schon dreißig Jahre alt, und mein Gesicht ist braun, und ich habe nicht einmal Strümpfe an, aber zu den gelben Malven sage ich doch: Gott segne euch, ihr Guten!
So die Malven und der Regen darüber hin... wie schön ist das nun!
Wenn mir nur keine Menschen begegnen! Darum habe ich ja die Regentage und die Nächte so gern. Pfui Teufel, die Menschen alle miteinander! Zuweilen finde ich im Wald eine Blume, ich meine nur so, dann knie ich mich

ins Moos und küsse sie mit meiner Zunge und schweige vor Glück. Die Blume ängstigt sich wohl, aber lacht sie etwa über mich?
Die Menschen...
Gut, früher habe ich auch einmal wen lieb gehabt, aber das ist schon lange her.
Warum sage ich das nun, warum lüge ich schon wieder?
Schon lange her... hehe!
War es nicht erst vor einem halben Jahr, daß ich aufstöhnte, daß ich vor Liebe aufstöhnte? Nein, gestern erst? Nein, heute morgen erst? Nein... jetzt, jetzt, jetzt!
Barmherziger Gott im Himmel!
In meiner linken Hosentasche habe ich einen Brief, der ist viermal zusammengefaltet und außen etwas schmutzig von der Zeit, einen kleinen Brief auf gelbem Papier.
Darum muß ich auch manchmal... trinken.
Feste!
Dann sitze ich in einer Ecke und wackele mit dem Kopf.
Ich trinke und lache. Ich lache und pfeife auf zwei Fingern. Und jeder, der es will, darf den Brief lesen.
Da!
Es ist ein kurzer Brief. Seine Argumente sind klipp und klar. Klatsch, klatsch, scheren Sie sich zum Teufel! So ein Brief ist es.
Aber ich lache darüber.
Im Grunde genommen ist es weiter kein Unglück, einen kleinen gelben Brief zu besitzen. Durchaus nicht.
–– Ingeborg!

Die kleine Birke

Nur drei Wörter! Nein, du mußt nicht herhören! Ich will der kleinen Birke, die ich hier am Bahndamm getroffen habe, etwas sagen.
Es ist schon Abend geworden, manchmal rauscht ein Windstoß über die Felder, die schnurgeraden Gleise verlieren sich fern in der Dämmerung, das Bahnwärterhäuschen dahinten hat schon Licht. Aber der Himmel schwebt grün und rosa über dieser Erde. Und da schwimmen zwei Vögel in der grünen Klarheit. Vielleicht sind es zwei Habichte. Sie schwimmen in großen, langsamen Kreisen dahin, über den Bahndamm und weit, weit über die Wälder hin. Jedesmal, wenn sie sich nach Westen herumschwingen, glänzen ihre Brüste golden auf.
Ich blicke ihnen nach, wie sie immer weiter reisen.
Du, sage ich leise, siehst du die goldenen Vögel da oben, kleine Birke?
Das Getreide schlägt Wellen, der Wind fegt heran.
Da wirft die kleine Birke ihre Arme wild und krank in die Höhe den Vögeln nach und läßt sie wieder sinken. Und dann neigt sie sich ermattet gegen den Bahndamm.
Ich stelle mich ganz dicht neben sie und streichle ihr dünnes Stämmchen. Kleine Birke, flüstere ich vor mich hin... Ich bin heute auch so traurig, weißt du...
Und dann stehen wir eine Zeitlang mit gesenkten Köpfen nebeneinander und rühren uns nicht... Und dann ist es soweit, daß ich weiterschlurfen muß.
Ich schlurfe langsam weiter...